NI LAIDAO LE
WO DE SHIGUANG

你来到了我的时光

曹剑波 著

暨南大学出版社
JINAN UNIVERSITY PRESS

中国·广州

图书在版编目（CIP）数据

你来到了我的时光/ 曹剑波著. —广州：暨南大学出版社，2019.4
（2019.8 重印）
ISBN 978 - 7 - 5668 - 2593 - 3

Ⅰ.①你…　Ⅱ.①曹…　Ⅲ.①诗集—中国—当代②散文集—中国—
当代　Ⅳ.①I217.2

中国版本图书馆 CIP 数据核字（2019）第 048078 号

你来到了我的时光
NI LAIDAO LE WO DE SHIGUANG
著　者：曹剑波

出 版 人：徐义雄
策划编辑：黄志波　杜小陆
责任编辑：黄志波
责任校对：黄晓佳
责任印制：汤慧君　周一丹

出版发行：暨南大学出版社（510630）
电　　话：总编室（8620）85221601
　　　　　营销部（8620）85225284　85228291　85228292（邮购）
传　　真：（8620）85221583（办公室）　85223774（营销部）
网　　址：http：//www.jnupress.com
排　　版：广州尚文数码科技有限公司
印　　刷：佛山市浩文彩色印刷有限公司
开　　本：787mm×1092mm　1/16
印　　张：15.625
字　　数：220 千
版　　次：2019 年 4 月第 1 版
印　　次：2019 年 8 月第 2 次
定　　价：49.80 元

自序：在光阴的诗里等你

时光，在岁月里，又走完两年。

如果不是文字，如果不是照片，如果不是记忆，这两年的许多美好时刻，或许都已经忘记，也或许因为忘记而拾串不起。

一路风尘，此刻，心静归依。

许多光阴的风景在匆匆中被冲洗，冲洗得无痕无迹。可是，凡尘落幕，岁月安宁，风尘中的逝去与忘记，那些不曾被收藏的记忆与风景，此刻却是那样深刻地牵绊着我。

我是谁？

我是曹剑波，一名职业经理人。

也是一名营销人，一名农牧人。

每次回答，我都坚定不移，可是，慢慢地，我在怀疑自己的这份坚定。我所坚持的，真的是我的初心吗？如果不是，何来的这份坚定？

每次回答，最后都会让我在时光的纸笺上划上一条痕，仿佛一道伤。

可是，我却不痛。

因为，我是诗人。

我，不止地阅读。

我，不倦地写作。

因为，我知道，书能让我的眼睛更开放、更包容、更精彩；因为，我知道，诗与远方能让我的心，面朝大海，春暖花开，能让我的情愫剔透纯真。

因为，我知道，农牧营销人的工作与事业需要大把的时间与青春，读书与写作只能靠挤时间，只能靠坚持。

而这份不懈的坚持，带给我的是无尽的快乐。

正因如此，自己还能从心里说出许多纯真、烂漫、真诚的话语。

记得，这是你说的。

有朋友问我：是否看懂了光阴？

我说：不知道。

我说：看不懂光阴，是遗憾的；而看懂光阴，许多时候是悲伤的。

我说：我只想在最美的时光里遇见你，我只想把最美的时光剪一段送给你。

有朋友问我：是否知道当下的社会？

我说：我不知道你想表达什么，我回答不了。

于是，我为他讲了一个故事，故事里有两位曾经诗一样的少年。

曾经，他们都说：你爱我吗？

曾经，他们都说：如果爱我，如果某天我丢了，你会来找我吗？

曾经，他们都说：我会。

可是，现在，他们都说：我在哪里？你又在哪里？……

我说：听懂了吗？

朋友说：有点懂，也有点没听懂。

我说：这就是诗，这就是诗人的故事。

我说：这就是光阴，这就是光阴的诗。

亲爱的，许多时候，读诗是温馨的、浪漫的、高贵的，但写诗却是忧愁的、孤单的。

光阴，是一颗初心。

心，只有跳动，才有温度，才有爱，才有温柔与浪漫。

心，如果不再跳动，不再激动，这个世界就冷却了，光阴就会冰凉。

我说：初心是一种不灭的力量和永恒的美。

我说：初心是彼此的懂得。

我虽然从事着平凡的工作，偶尔写些平静文雅的诗，但我渴望：我的心流淌着炙热的鲜血，我的眼睛流淌着滚烫的泪水。

O ever youthful, O ever weeping.

光阴，是一米阳光。

每天清晨，打开窗，阳光涌进房间，我的心浸在阳光里，多么芳香。

每天清晨，我投入大地的怀抱，拥抱最干净的阳光，阳光照亮我的眼睛与心扉。我的诗，充满着阳光的芳香。

阳光，照亮我的追逐与梦想。

阳光，温暖我的笑容与目光。

我自由地向往，自由地飞翔，自由地思想，自由地做自己。

光阴，是一场遇见。

我曾说，光阴就是无数场时光的遇见。

我曾说，人的一生，至少得有一次，让你心动的、刻骨铭心的遇见。

我曾说，你就是我生命中最美的遇见。

虽然，我也以一名农牧营销人的身份，生活在信息化、经济大繁荣的时代，快速的时代列车，让我的时光应接不暇，一直向前。

但我总在光阴的路口回首。

回眸那瞬间，多想与你遇见。

光阴，是一个故事。

如果我的人生最后是贫穷和潦倒，一无所有，上帝也一定会给我留下曾经的故事，因为故事在心里，谁也带不走。

匆匆远去的，是光阴的脚步，但光阴的长廊里，刻着无数你我昨天的故事，故事有关古巷、有关风月、有关思愁、有关回眸……

你就是时光遗落在我生命中的一枚种子。

你说：故事的结局是什么？

我说：故事的结局就是光阴未来的梦。

昨天的风景，是光阴的故事；而没有讲完的故事，就是光阴行走的梦。

光阴，是一首诗。

诗，是灵魂与心灵睡躺的地方，如若伤感了，可以倾诉；如若疲倦了，可以栖息；如若思念了，可以守候。

在诗里，我的心一片安宁静好；在诗里，我的心一片洒脱风流。所有的思想与情愫都是那样自由，无拘无束，放浪而细腻，狂野而纯真，没有杂质，没有世俗，没有愤慨，充满小清新，充满小情调，充满诚挚与直白的表达。

诗，不一定是为光阴而写。

诗，不一定是为情愁而写。

但，诗人总想，在某个时光，亲自把诗朗读给你听。

不知不觉，又写了两年。

其间，也为你朗读，只是不知风儿是否捎到，你是否喜欢，是否想得起我们的曾经、我们的遇见。

我不是作家，只是一名写诗的农牧营销人。

诗人这个称呼，也是许多朋友、同学，以及我的伊人，甚至我自己，当然也包括喜欢读我写的诗的你，对剑波的一片爱的表达。

为此，《你来到了我的时光》谢谢你。

在 SC4767 航班上，写完此篇自序。

合上电脑时，却不知为何，心间默念起一首俄罗斯小诗《短》，算是对《你来到了我的时光》的注解吧。

一天，很短
短得来不及拥抱清晨，就已经手握黄昏
一年，很短
短得来不及细品初春殷红窦绿，就要打点素裹秋霜
一生，很短
短得来不及享用美好年华，就已经身处迟暮

曹剑波
2018 年 7 月 14 日

她序：遇见·便是序

2019 年元旦，成都已是很冷的冬天。

新的一年，新的一天，至爱的人都不在身边，先生在广州，孩子在重庆。成都的家，就剩一个自己，这种感觉，似曾熟悉。

哦，想起了，我先生剑波的文章，常有这样的句子。

但我与剑波的感觉不一样，他感伤些。前些年，因为剑波工作的缘故，我一个人带着还处于孩提的儿子，在遥远的异乡东北独自生活，每当冬季，漫天冰雪，刺骨的冷，每天深夜，前往学校接孩子，月光洒在冰雪上，更是添了些孤单与冰凉，但这些，都未曾让我感到寒冷。

因为，在那个时刻，心会想起远方，爱人就会在想念中来到自己的身边，就会抵达心里，心里装满了温暖。

前些日子，剑波让我帮他想想，这本随笔集取个啥名。

我还真的细想过，但最后都被我否定了。有一天，剑波说，他想为这本随笔集取名"你来到了我的时光"，问我怎样。

我一听，简单，清新，有些小情调，有些小美滋味，真心觉得不错。

细细想，有些温暖，有些明媚，仿佛细风，也仿佛细雨，真心喜欢。

我懂得我先生这份简单的真，他总希望把美好的时光与瞬间、美好的人与事物用笔记录下来，《你来到了我的时光》（以下简称《时光》）就是剑波这几年珍藏的记忆，就是剑波这几年对美好生活的珍惜。

剑波说，让我为《时光》写篇序。

我喜欢捧书沐日，也喜欢枕书入梦，守一树花开，候一窗风月，俏风划眉，细雨潜扉，心安绪宁，让自己脱繁入简。风轻月静，光阴虽不居，但缓缓不急，把时光过得温暖，把生活过得如书卷般，慢慢翻，细细品，轻轻读，倚窗看日出日落，做心爱的事，想心爱的人，读读停停，停停想想，把日子过得如诗一样美好。

可是，读书和写东西完全是两回事，尤其是写序。

但剑波说，《时光》这本随笔集，由我写序，会更好一些。

真害怕，我的文字会扰乱《时光》的静和美。

在一年中最美好的一天里，冬日的雨，也清新了些，淅沥地下着。楼台里，几枝蜡梅随风吹来淡淡的香，雨和风，仿佛有了味道和灵性，选这样的时刻写序，美好而清净。

2018年9月20日，我与剑波一起到广州，台风后的天空，蓝得深远，白得剔透，静美如画。抵达机场后，我与剑波一同去了暨南大学出版社，剑波正式向出版社交付随笔集《时光》的书稿。

出版社，小小楼，有点陈旧，但很精致，散发着书香，于闹市中显得安静纯粹，独立于尘世繁华之中。

出版社办公室里叠放着一摞摞的书稿，书架上摆放着一排排的书籍，在剑波与编辑老师洽谈稿件事宜之时，我翻书阅读，突然间，我看到剑波2017年出版的《守候静好》也陈列在那里，那一刻，我有些感动。

那份感动，或许是为我先生感到自豪，也或许是我内心泛起的温暖。

其实，我是《守候静好》的第一个读者，里面的每一篇文章，我在日常整理剑波的书稿时读了很多次，但在那一刻，我似乎更懂得了一些，更懂得了剑波这些年对写作的坚持。

时光开门，心印菩提，《时光》里的每一段文字都干净朴素、清新亲昵，仿佛就像自己的故事，打动着自己。文字没有太多的修饰，真实温暖，阅读间，如临小画小境，细水涓流，自然成绪。娓娓道来间，透着些小诗味道。

这些年，剑波总在忙，总在不同的城市间来回奔波，《时光》里的许多文章，不是在深夜，就是在凌晨写就；不是在航班上，就是在候车室里完成，所以难免随性了些，但一支笔、一张纸、一段文字，就是他匆匆时光里的诗和远方。

其实，我不希望诗人把生活过得如此紧张，因为不知觉的流年，早已把我们的青春抛得太远，渐老的岁月已经行至眼角，驻上了发梢和容颜。

相依成念、相守成眷，相依安稳、相守闲淡，才是岁月最简单的美好。

站在
我的身旁
看我
美美地看着

《时光》里的这首小诗，简单到极致，但也美到极致。每次读着，心里总是美美的、暖暖的。

剑波，用文化的语言来说，是我的先生；用至爱的语言来说，是我的老公；用温暖的语言来说，是孩子他爸；用调侃的语言来说，是我的诗人。其实，在我心里，并不是因为他爱写诗，他才是我的诗人，而是因为，他本身就是一段温暖的文字，一首充满温暖的诗，是我与孩子温暖的诗篇。

写到此，好像与序无关，好像跑偏了题。

但又好像和剑波的文章风格一般，因为自然而然，所以自由往来，无关因由，只是心与眼睛的感知。

无论怎样，我依然渴望在每个阳光如洗、空气如兰的清晨，读到剑波最新的随笔，不是渴望读到文字，而是渴望读到我的先生依然是快乐的，依然是健康的，依然走在遇见阳光的路上。

剑波，我的先生，我的老公，我的诗人。

他在诗中说，要好好珍惜青春与健康，我们可以用青春赌明天，但不可以用健康赌明天，失去健康，青春将是一件破烂的衣裳。亲爱的，这其实不是诗，是我每天深深的祝福。

《时光》即将出版，真心为我先生感到自豪和高兴，这篇序就是我对《时光》的喜欢和祝福，最后以汪国真的《热爱生命》来表达我对诗人永远的爱和懂得。

我不去想身后会不会袭来寒风冷雨
既然目标是地平线

留给世界的只能是背影
我不去想未来是平坦还是泥泞
只要热爱生命
一切，都在意料之中

杨静
2019 年 1 月 1 日于成都

目 录

自序：在光阴的诗里等你 ·· 1

她序：遇见·便是序 ·· 1

第一编　遇　见

遇　见 ··· 2

如　果 ··· 5

书吧女孩 ··· 8

珍　惜 ··· 10

空瓶子 ··· 14

红尘深处，深深地等待一个人 ··· 16

记　忆 ··· 22

电话，在深夜里响起 ··· 28

你是时光遗落在我生命中的一枚种子 ····································· 34

第二编　时　光

光阴的四季 ··· 40

槐花之恋 ··· 43

秋　情 ··· 46

雪与春天 ··· 48

夏月静夜 ·················· 52

如果时光有印 ·················· 54

我深深地爱着你 ·················· 58

秋，用尽青春只为你 ·················· 62

风，吹走了岁月，吹来了谁 ·················· 66

一半流年，一半明天 ·················· 70

第三编　老　城

雨　巷 ·················· 76

春　巷 ·················· 78

小巷，一道时光栖息的墙 ·················· 81

烟雨杭州 ·················· 84

山城赋 ·················· 87

大运河的心事 ·················· 91

乌镇记忆 ·················· 93

古城开封，挂着一轮月 ·················· 98

小镇姑娘 ·················· 102

三月的你，若隐若现 ·················· 107

第四编　乡　愁

爸爸与女儿的远方 ·················· 112

我的眼泪，溃了堤 ·················· 118

走着，走着 ·················· 123

春节，一曲不敢回望的乡愁 ·················· 126

燕子诗语 ·················· 133

端午，电话响起 ·················· 141

油菜花，醉在你的幽香里 ·················· 152

妈妈，您的眼睛 ·················· 155

第五编　依　恋

带不走你的清香 ·················· 164

静静地想念 ·················· 167

风行的日子 ·················· 170

时光中的那一枚粉红 ·················· 172

美美地看着我 ·················· 176

清晨，懂你 ·················· 179

你的眼睛，那么遥远 ·················· 182

又见雪，伊人在何方 ·················· 185

第六编　思　绪

雨　语 ·················· 192

心若简素，雨如秋凉 ·················· 194

我想要的幸福 ·················· 198

玫瑰又开放 ·················· 203

候机楼，冬日阳光轻轻流淌 ·················· 206

思绪的泪水 ·················· 210

记忆中的那一抹红 ·················· 216

不如初见，不如不见 ·················· 223

秋，哭无泪 ·················· 229

永远热泪盈眶的年轻 ·················· 235

NI LAIDAO LE
WO DE SHIGUANG

你来到了我的

时光

第一编　遇　见

不如遇见

Not as good as meet

如果注定

今生，不得不见

不如遇见

古道小桥人家

月下细风瘦湖

仅一次，仅在人群中不经意回眸的那一次

已用尽青春华年

不重逢，只相逢

不再见，只遇见

…… ……

遇　见

这些年

我守在四季，守在晨曦，守在夕阳落下的天边

每一天，每一刻，都是一场际遇

在红尘深处

静静地等着把你遇见

婴儿遇见微笑

就遇见了亲情与眷顾

哭啼遇见拥抱

就遇见了乳汁与亲吻

于是，我

就有了生命

冬雪遇见春光

就遇见了岁月与轮回

夏月遇见落叶

就遇见了四季与过往

于是，我

就有了光阴

懵懂遇见少年

就遇见了青春与灿烂

梦想遇见向往

就遇见了诗与远方

于是，我

就有了世界

行走遇见回眸

就遇见了相逢与擦肩

情愫遇见古巷

就遇见了悠长与忧伤

于是，我

就有了想念

心遇见心

就遇见了伊人与爱恋

手遇见手

就遇见了陪伴与相牵

于是，我

就有了一生

寒冷遇见温暖

就遇见了真诚与泪水

天空遇见大地

就遇见了感动与永恒

于是，我

就有了永生

这些年
我守着烟雨，守着风月，守着一书一茶的清欢
多少时刻与瞬间，都止不住地思念
红尘深处这一场与你的
遇见

2018 年 1 月 12 日
于浙江杭州

如　果

一天，仿佛一年

一年，却如一天

那天，已经远去三十年

一眼，便是千年

千年，只因一眼

那天，在这座城的古巷里

一眼，便是遇见

那天，也是夏天

夏天，也有雨天

红伞，遮挡了小巷密织的雨点

雨点，穿过发线

发线，模糊视线

红伞，慢慢地向我走来，走到我身旁

容颜，便是永远

记忆，刻在心间

心间，从此挂牵

每年，总会回到这座城，踏街寻巷

古街，已经沧桑

沧桑，藤蔓古巷

古巷，门窗紧闭，锁住了隔世的幽香

幽香，舒缓了夜的悠长

东门，连着新城

南门，灯火阑珊

那天，在南门影吧，电影结束了故事

西门，残城断墙

北门，茶社老店

那天，你从北门走来，撑着一把红雨伞

一眼，就定格了前世的回眸

如果，没有注定

　　你怎么会在那一天出现，与我遇见

如果，没有注定

　　你怎么会径直向我走来

如果，没有注定

　　我又怎么会在那一刻，来到了那条古巷

如果，没有密织的雨

　　你怎么会撑着雨伞

如果，没有密织的雨

　　一条长巷，怎么会只有我和你

如果，没有密织的雨

　　你怎么会把雨伞靠近我的身体

　　伞下，我遇见了无与伦比的美丽

伞下，我遇见了至清至雅的气息

如果，那天，我把心里的感动变成语言
　　伞下，是否还会错过
如果，那天，我把心里的温暖变成话语
　　伞下，是否还会有刻骨铭心的遗憾
如果，那天，我摘下一朵丁香挂在你娟秀的耳边
　　伞下，是否会有更加怡人的美丽
如果，那天，丁香有花开的声音
　　伞下，我是否还会傻得无语
如果，那天，我写下了这首如雨的诗
　　伞下，是否还会那样平静
如果，那天，我向你朗读了这首诗
　　伞下，是否……

伞下，我遇见了你
伞下，我错过了你

一天，就是一年
一年，只是一天
此刻，踏着夜，和着雨，撑伞的姑娘已不在
老城，已成记忆
记忆，抵达古巷
小雨，淅淅沥沥地打湿了古巷的容颜
容颜，淌满泪水

2018 年 7 月 31 日
于邻水古城

书吧女孩

一座老城
城里有条巷
在巷的深处，有个拐角
拐角里有个书吧
书吧，已存在了
十年、百年甚至更古远
没有人讲得完她的故事
或许，从有这城那天
她就与这城一起，被写进记忆
小巷苔蔓青青，长满了古老的
时光

看书的女孩
扎着小辫子
辫子松松的，软软的，斜斜的
搭在肩上
一身蓝白素色的连衣裙
简素简约
清澈清香
宛如远古的素雅
宛如隔世的目光

邂逅了陌上深处的
时光

不是每天
只是定期
女孩会来到拐角的书吧
她会在书架前静静地凝望
墨香浸染了她的气息
淡淡的，柔柔的，悠悠的
手指，纤纤划过写满情愁的纸张
深深依恋着，书页里
写下了她的前世与今生
藏下了一场相约守候的
时光

时光依旧
这城，在繁华里慢慢惆怅
小巷老了，拐角冷清了
书吧孤单了
城里的姑娘
已经长大
或许去了远方
书吧，还守着那里，守着不变的模样
那隔世的安宁，送走了
姑娘的清新
时光

2017 年 1 月 19 日
于云南昆明

珍　惜

曾经

一位眼盲的小姑娘，与我在飞机场遇见

我对她说，需要帮忙吗

她说，什么都不需要

她说，如果我想帮她

就祝福她拥有一天完整的时光吧

哪怕，十二小时的光芒

她说

好想，看看太阳，看看月亮

好想，看看草原，看看海洋

好想，看看远山的轮廓，看看大地的模样

好想，看看春天的颜色，看看什么是蓝、什么是黄

好想，看看妹妹的眼睛

好想，看看爸妈的脸庞

她说

哪怕就一天

她也会觉得

上帝给了她

一个完整的世界和一生完整的时光

她会把每一分、每一秒珍藏

换成最美的希望

我说

亲爱的姑娘

世界有好多美丽的风景

有的（海洋与草原）很远很远

一天时间太少

她说，一天就是一生

只要用心珍惜，每一秒都是灿烂阳光

此刻，机场

时光，匆匆流淌

阳光，铺在脸上

突然，忆起了小小的眼盲姑娘

不知，她是否已经看到了阳光

突然，好想写诗

与你一起珍惜时光

亲爱的

我们定要好好珍惜时代与当下

大好时代，饱含奋斗的青春与沧桑

这是馈赠给我们这代人的礼物

所有当下

都是时代赋予的美丽遇见

亲爱的

我们定要好好珍惜青春与健康

青春是不羁的风，可以展翅飞翔，穿越梦想的天堂

青春是娇艳的花，可以痴狂泪流，滴成晶莹的露珠

我们可以用青春赌明天，但不可以用健康赌明天

失去健康，青春将是一件破烂的衣裳

亲爱的

我们定要好好珍惜平台与身边

不要把每天与同事的遇见，当成芸芸众生中的习以为常

你冷了，她就是温暖

你孤单，她就是遇见

不要把她看轻看淡，其实，她是你每天最踏实的幸福

亲爱的

我们定要好好珍惜初心与简单

记得给初心一个承诺

哪怕简单一个字

哪怕忙，哪怕诸多现实把你戳伤，也不要把她忘记

初心与简单，是你最大的财富与力量

…… ……

此刻机场，思绪已飞到远方

或许是眼盲的小姑娘，或许是初心萌芽的地方

也或许是有爸妈的家乡，也或许是伊人的身旁

与你（她）来个约定

今天，是我们唯一确认了的时光

昨天已去，明天还远

2018 年 3 月 17 日
于广州白云机场

空瓶子

你几次欲言又止，但
这并不妨碍他，继续守候记忆
其实，他也是
很多往事都想提及，很多故事都想忆起，但
同样，欲言又止

曾经多少次
你在故事里、在记忆里抵达，却又
转身离去
剩下他，一人在梦里
孤单，把眼睛泪湿

岁月，就像一个瓶子
瓶子里装着往昔，装着一桩桩故事，装着你
装满了青春与美丽，那日
一不小心，瓶子倒了
一不小心，他丢了你

空瓶子，好像是对此刻心情极好的隐喻

有些曾经，确已丢失

有些过往，确已远去

却又，拾起

拾起空瓶子，拾起记忆新的情意

空瓶子，把故事与过往装起来，好好珍惜

轻松的、永远的想念

更可以装下今天，装下多年以后彼此不再天真的话语

然后，做一个漂流瓶

漂流在，心的海洋里

你几次欲言又止，但

这个情景，却更加亲切和静怡

其实，他也一直

守候着这份静好，守候着这份自我，所以

同样，欲言又止

2016 年 9 月 18 日凌晨
于江苏阜宁

红尘深处，深深地等待一个人

你是否曾经，在红尘的深处，深深地等待一个人。

前些日子，一个多年未曾谋面的朋友，向我问起了这句话，不知道她想表达什么，我也没有深想。

今夜，清闲下来，不知道怎的，这句简单的话，抵达了我的思绪，煽动了我的情感，让我的呼吸与心跳变得急促。

11月的这5天，忙碌穿梭了5座城，从广州一路向北，再到西南，一城一夜，直到此刻，一人独坐成都家中书房。

天空，匆匆地划过了几个季节，却没留下一道痕。

今夜，心如止水，静如落叶。

如易安居士李清照"枕上诗书闲处好，门前风景雨来佳"一般轻松闲适、悠然雅致。家中书房，一个人，一颗心，行走文字，穿越时光与岁月，体味深秋安宁。

心轻盈，轻盈得可触天之涯、云之巅。

心静泊，静泊得可吸季节之素真、红尘之淡雅。

此刻，夜里，未曾想这句不经意话语的抵达，会让自己如此不安和紧张，甚至不敢正视自己，搅碎了夜与心境的静宁。

这些年，从未间断向往、追逐和渴望，每天都期望着遇见。遇见风景，遇见相知，遇见美好，遇见彼此。

年少时，总觉得年华有轮回，总觉得岁月有记忆，总觉得时光有重逢。总觉得窗前的月与影，只要你守候，它就会再来；总觉得故事中的芬芳，会如期在季节里漫溢。

所以，很多曾经，不被珍惜，变成错过。

此刻，夜深人静，心却微澜，一句关于缘深缘浅的话，却成了一份情愁。纳兰古词，漫上心头。

人生若只如初见，何事秋风悲画扇。

等闲变却故人心，却道故人心易变。

这些年，我的心如一座城，城中季节更替，人来人往，时光芳华。

每一天，阳光送来明亮和温暖；每一天，细风送来问候和轻柔；每一天，遇见美丽与感动。如此多年，心如雨露，干净晶莹。

时有深夜，偌大一座城市，如偌大深渊般空荡与失落，就如此刻。

那一刻，明白现实的工作与时光把自己带到了远方，但我的情愫、情愁与坚守，依然停在岁月的原点，那些曾经，随时都被回望与触摸。

终于，坚强的双眼，没能承受起记忆的分量和沉重，一眸清浅，湿润了孤单的夜和紧闭的眼眶。

终于明白，在红尘的深处，曾经深深地爱过一个人。

只是，几十年都未曾抵达过，都未曾重逢。不敢轻易念起、想起，不敢轻易付诸等待，害怕等待到失落，一场镜中月，渐渐忘记。

今夜，关于故事的结局，虽想丢弃，却被神经固执地牵绊起。

这份牵绊，到底是应了谁的劫，成了谁的执念？

这些年，在烟雨红尘的情思里，在萌动红尘的年华里，在陌上红尘的曾经里，埋藏在心里的这份守候，却一直在未老的故事与尘封的过往里。

那些故事，在春花盛开里芬芳，在夏夜月影里悠然，在秋风落叶里飘舞，在冬雪纷飞里晶莹，在季节里歌唱，在季节里哭泣。

故事，那样自由，那样纯粹。

那些过往，相视凝望，目光就是迷人的笑容；牵手相扣，指尖就是青涩的温柔；相拥相依，心跳就是年少的萌动，呼吸就是懵懂的悸动。

过往，那样清纯，那样美妙。

哪怕杳无消息，故事依然未老。

哪怕年华沧桑，过往依然悠长。

在那座城市的街灯，在街头的拐角，依然有过一刹的意念，渴望故事中熟悉的背影，从街头走来，依然楚楚动人。

在那间咖啡屋，在朦胧烛光里，依然有过一丝的想念，渴望走来记忆中秀发飘飘的姑娘，依然清纯清雅。

在那个偏僻的火车小站，依然有过一抹怀念，渴望列车窗前，静依着那一副美丽的容颜，依然质朴清香。

我固执地坚信，世间所有的美好记忆，都可以被尘封和保存。累了、倦了、苦了、念了，这份记忆就可以被开启，然后静静阅读、静静品尝。

如果，拾捡不起，可以静静等待。

或许，她就会出现，从记忆中走来，与我重逢在城市拐角，或咖啡屋，或记忆的车站。

这些年，我从未停止对青春和情愫的守候，甚至固执。

　　我以为，一段相逢，便可一生；一句言语，便可一世。

　　我以为，陌上花开，可缓缓归来。

　　于是，我坚信，在红尘的深处，我有过深深的等待。

　　所以，当有人突然问起这句话时，我惶恐和慌张，因为我害怕你消失在我的记忆里，或没把你装进我记忆的故事里。

　　但怎么也不愿意接受，怎么也接受不了。

　　红尘深处的等待，重逢时，却让我在一条叫落魄的街道痛苦潦倒，落魄得体无完肤。

　　这篇文章的开始，感觉与情绪都很美好，很多学友都在朋友圈里询问：是否已经写完？写得怎么样？抓紧发出分享。

　　可是，此刻，我已经无法写下去了，不得不停笔。

　　因为，我已经哽咽，我不知道用什么样的心情写完这份等待来的真实结果。

　　我不敢坦诚告白，这份重逢对等待的伤害。

　　当记忆变成重逢，成为真实，却划伤了无数尘封的美好，心痛到极点。

　　因为，那段故事，那份记忆，等到了重逢，却残败溃烂。

　　曾经清纯的姑娘，死在了对美好生活的错误理解里，死在了对人生错误的选择里，死在了对自己青春的微微放纵里。

　　多年以后，姑娘是那样无助，故事与记忆以重逢的方式击溃我的心理底线，重逢已是一场谁也不能接受的溃堤的痛。

　　姑娘，已无言，只有满眶眼泪。

　　眼泪，流成无数条河，默默地汇集到心海。

　　姑娘，你怎么在选择中丢失了容颜和清纯，你怎么在现实中丢失了清雅和芬芳？姑娘，你怎么就换了剧本，为何不用梦想来成就自己，不用阳光来照亮自己，为什么要用尊严去换那一点莫名的虚荣，让故事变得无法继续，落成一地残叶，失去了自己？姑娘，到底是多大的折磨把你摧残得如此凋零，你承担了多少伤痛与辛酸？

　　为什么，你不言不语，无声无息？

　　姑娘，已经死了。

　　死在胆怯里，呆滞枯萎，灵魂已逃离了身体；死在繁花灿烂的城市角落里；死在不属于自己的红尘里。

　　而等待，结束在这重逢时刻。

　　多少美丽的曾经与诗意的等待，现实把秋水击穿，把红尘踏破，繁花落尽，岁月悲怜。美好只若初见，相见不如怀念。谁将烟焚散，散了纵横牵绊。多少红颜悴，多少相思碎。

　　听弦断，断那三千痴缠；
　　坠花湮，湮没一朝风涟；
　　花若怜，落在谁的指尖。

　　你是否曾经，在红尘的深处，深深地等待一个人。

　　我已经作答曾经，却无法作答未来。我曾经在一个古老的情感城池里，执着地守候着过往与记忆。重逢之前，现实从未使与你有关的故事凌乱。

　　这些年，我承诺了曾经，但未来，是否还有坚定的勇气来给出答案？

夜，如秋，深了。

等待着即将到来的雪，把整个曾经的故事、过往连同结局包裹和封尘，变成琥珀。

永远搁浅，不再开启。

2016 年 11 月 7 日
于成都

记　忆

一、记忆出现

只一眼，便一生。

那一眼，已久远。

那一眼，穿越了我半生的时光，激滟了我最美年华的情怀；那一眼，已揳入了我的思绪，定格成一份萍聚、一份邂逅、一份缘。

那一眼，太突然。君与我却是那么淡然，仿佛早已知道上天的这份安排。

与君相逢在少年，在情窦还没有绽开的年华。

因为花季懵懂，所以那一份情怀无比清纯干净，没有尘埃，没有杂念，仿佛春泥。

那一眼，是记忆的源头，这些年，哪怕岁月变迁，那一眼，从未走远。

这些年，那一眼，如风筝。

我揂着记忆的近端，而记忆的远端，自由飘逸，若即若离，没有重量，没有慌张，无牵无挂地在思绪的天空里飘荡，仿佛已不再，仿佛已销寂。

可偶尔牵绊起，发现那一眼，还一直在心房的深处，从未离开，从未遗忘，在长长风筝线的远端，我从未放手、从未剪断、从未遗忘。

一直拽在手心，一直拽在心间。

与君相遇，便是一生。

那一眼，定格了我的记忆，定格了君的容颜，定格了青春的光影。

那一眼，如一颗从宇宙落到凡间的尘埃，飘进我心。

我心的那一格房，从此，再无他人。

二、记忆如花

那一眼，繁花如诗。

那一眼，青春荡漾，陌上花开，韵美意娇，荡漾了少年心间的微澜，泛起粼粼光芒，晶莹梦幻，如无数双多情的眼睛，阅读着我青春最美的年华。

与君相遇，从此，我静静守着世间发生的种种和偶然。

与君相遇，从此，我执信，我的心田必将遍野芳华。

那一眼，是前生的缘分，回眸在美丽的地点。

岁月浅浅，时光轻轻，花繁蝶绕，甚是欢喜。

我的君，有你的那些日子里，君如梦，梦有诗，诗有花开，散发着沁心的芬芳。

我如伊人，伊人如花，花香诗长，守着晨起和日落的远方。

那时候，因为陶醉在快乐欢愉里，我们不曾思考永恒与未来。

那时候，因为沉迷在诗意纯净中，我们没有情愁与惆怅。

那么多美好的诗、美丽的花、美妙的时光，绽放在我与君的青春年华里，爱不过来，爱不释手，不想未来，不思明天，一切只需要静静地去喜欢与拥有。

那时候，以为此生欢愉会永无止境。

那时候，以为岁月会永远眷顾我们。

那时候，青春如花。

那时候，岁月如歌。

三、记忆书签

那一眼，悄悄不见。

世间许多别离，不是因为不爱，而是因为长大。

就如此刻夏季的到来，不是因为春花凋败，也不是因为心眼厌倦，而是因为季节的变迁，正如春来时刻，并不是因为人们看倦了洁白的雪花一般。

所以，哪怕别离时刻，我也未曾伤感。

因为，我相信，我与君会如季节轮回一样，相遇在下一站的路口。

所以，我告诉你，只要知道君在，我的天空就还是晴天，依然灿烂。

可是，未言再见的别离，却从此不见。

我在最美的青春里丢失了你，丢失了我的君。从此，在半生轮回的每个季节里，你再也没有出现在我的视线。

繁花已成霜，思念已成殇。

那一眼，慢慢变成了记忆的书签，被安放在记忆的诗里。

慢慢地，书签已写满了昨天，已写不下记忆的故事。

一天一天，一年一年，书签已经承载不起记忆的重量，很多往日的欢喜和美丽在眸子里闪动，一泓清浅，潮湿了岁月流年，潮湿了记忆的书签。

多年以后，我猛然醒悟，岁月在我生命的红尘里，开了一场偌大的玩笑。原本美妙无边，原本相爱无涯，原本可天长地久地与君永恒，却变成了一场漫长的等待，等待着君归的身影，等待着君的容颜。

等来了春天，却看不见花开的美丽，只听见花落的冷凄。

等来了冬季，却看不见雪花的浪漫，只听见雪融的哭泣。

与君相遇，便是一生。

可是，那一眼，成了生命里无边的思念。

你的身影，仿佛消失在一条叫遗忘的街道，杳无消息。伊人在滚滚红尘里，找不到记忆的尽头，也找不到记忆的出口。

四、守候记忆

那一眼，不追不寻。

陌上红尘，渐渐习惯了没有君的孤单。

习惯了独自孤单与静静想念的我，选择了守候。

我相信，君会缓缓归来。因为那条布满青苔的石板路，还有你未曾拾完的雨花石；那条开满丁香花的木楼古巷，还一直下着淅淅沥沥的雨……

我的君。

你说，雨花石是你的眼睛，只要我看着它，就能听见你对我说的心语。

你说，只要有雨，只要有丁香花，你就能写诗，你就会把诗邮寄给我。

多少次，我仿佛看见，石板路上留下了你的足迹，真是你回来了吗？

多少次，我常常看见，木楼古巷里流淌着你的背影，真是你回来了吗？

我的君。

这些年，我守住了所有的曾经，却迷失在半生的记忆与时光里。

这些年，我守住了所有的晨起和日落，守住了所有的花开和远方，却没守候到你的归来。

你只在梦中，你只在记忆的诗里。

那时，如果知道记忆的花，不会开在今天的季节。

那时，如果知道那一眼相逢，错过了就不会再来。

如果知道，我怎么会把你错失……

可是，此生，怎么还会有如果……

五、收藏记忆

那一眼，已成记忆。

记忆青春时光，记忆宁静岁月。

时光久了，岁月老了，记忆深了，心虽无痕，却痛到桎梏。

不敢把你放在记忆的正面，害怕无意的瞥见与情不自禁的泪水，会冲蚀记忆中你本已模糊的身影。

于是我把你放在记忆的背面。

如果，想你了，轻轻一翻。

君，那一眼，你还在……

2017 年 4 月 15 日
于广州

电话，在深夜里响起……

昨日，广州高温，傍晚时分，下起阵雨。

晚间，雨过夜明，弯月挂天，繁星点点，风轻夜柔。

走进书房，打开台灯，启动电脑，翻翻书篇，闭目沉思，清水煮茶，提笔写字，用清新的文字消遣时光。

心思随之安静下来，把繁忙城市的凡尘与故事烟火隔离窗外，给自己一片轻柔和静美，让夜晚无尘无声，让月光慢慢澄澈我的肌肤与气息。

子夜时分，月牙弯弯，独自行走在夜空下，感受着夜色和夜风的灵性。

而我的心境，泛起几段纳兰古词。

黄叶青苔归路，屧粉衣香何处。消息竟沉沉，今夜相思几许。秋雨，秋雨，一半因风吹去。

谁翻乐府凄凉曲，风也萧萧，雨也萧萧，瘦尽灯花又一宵。不知何事萦怀抱，醒也无聊，醉也无聊，梦也何曾到谢桥。

随词而意，思想知意而起，情绪随着思与想，一往而深，心海泛起股股酸甜，心绪沉落到纳兰词里。

思念的人，衣香何处，消息沉沉，相思在此刻的异乡月夜，愁有几许，寂寞有几许？风细细，雨丝丝，都不作答，难道真如月，瘦尽了一宵夜色？

浅浅地想，已无聊；深深地想，亦无聊。

文字如梦，如一树月色，不挂枝，却依丫，漫漫萦绕，款款洒落，惊心语，牵情愁，虽清幽如洗，虽时过境迁，却不愿醒梦回转，甘愿沉醉于纳兰词的梦境之间。

与城市，与尘世，相看相望。

与故事，与旧事，相守相向。

半窗明月，照透了尘间与天际；一帘夜风，吹乱了安宁的岁月与心事。

突然，电话响起。

终止了月下安宁和书墨茶香。电话，搅碎了天地间的一夜平静，撕裂了素简情悠的子夜时光。

电话那头，你说：是我，你好吗？

电话这头，我说：你好。

你说：这么晚，在干啥？

我说：望天上月亮，读纳兰古词，想美丽姑娘，写干净文章，你信吗？

你说：你还在坚持写诗吗？打扰到你了吗？你就不问我是谁？

我说：我就把你当成诗境中的衣香姑娘或萧萧姑娘，可以吗？

或许，言语不雅。

于是，电话静了，彼此没了声音。电话里，传来夜风轻轻的呼声，或许，这是电话的呼吸声，也或许是夜语的表达，这种表达，由淡至清，由浅转轻，片刻而已，难以掩幽，难以放下。

清月幽光，洒了满地，拾捡不起，那是对岁月的一片执念。

你说：你害怕与我说话？要不要挂断电话？

我说：不存在害怕，也不存在打扰，电话连着的只是遥远的天涯。

你说：这些年，你在干吗？

我说：一直在不同的城市间来回地漂，一直在天空与陆地上下地飘。

你说：你累吗？

我说：我自己也不太知道。

你说：你好吗？

我说：这重要吗？

你好吗？

其实，这也是我想问你的话。

你与我都没有回答，不回答是最好的，世界很多事原本就是如此，不需要作答，甚至无法用语言来表达。

电话，在这一刻，声音又一次消失了，但谁也没有挂断电话。

世间，唯有月亮，从不辜负对夜晚的深情眷恋，无论冷暖，无论春秋，自有风情，自有雅致，云聚云散，均皎洁依依，都会在夜里轻轻打开情感的心扉，泛起柔软的涟漪，走进夜的怀抱。

哪怕阴晴圆缺，都会按时抵达，永不失约。

我说：谢谢你。

你说：谢我什么？

我说：谢谢你还记得我。

你说：那时的天空那么蓝，记忆那么深，青春那么美，我们那么近……怎么会忘记，怎么会不记得，怎么会……

我说：其实，我们要学会忘记，学会不去想起。

你说：这是你真实的表达吗？

我说：想一个人，是很苦的。珍藏一段记忆，需要很大的勇气承受一些痛苦，很多时候，执一事，苦一生，择一念，终一世。

你说：我不懂。

我说：不懂最好，好多懂的人，后来都渴望简素时光或不曾初见的平淡流年。

你说：其实，有时，在心里想念一个人，在岁月中回忆一个人，也是不染铅华，也是如水禅心。

电话，再一次静默无语。

今夜，原本沉浸在细月晓风、悠然无尘、脱俗清新的纳兰古词里，雅致得很。

一个电话，击穿了时空，梦醒回现实，谈得如此别扭与陌生，差点谈论到了不如初见、不如不见的情愁冷淡。

其实，这都不是我们的本意，也不是电话响起的本意。只是，我在几百年前的纳兰词里，你却在此刻月下的夜风里。但无论怎样，我都应该为这个电话留下美好记忆，至少不是厌倦。

电话那端，无论是他，是她，还是你，或是谁。

也无论我们是否有过昨天或遇见，更无论是否有过记忆的美好瞬间。

这些，在缘分的世界里，重要吗？

如果，电话，轻语馨馨，情愫安然，和着此刻的柔柔风月，多好。

如果，心境，不被物惊，不受世扰，欣然取舍电话里的凡来尘往，让每个多情人心中的那片湛蓝星空、那片蔚蓝心海永远纯粹与快乐，多好。

或许，是我真的不知道你是谁。

或许，是我忘了记忆里的曾经。

但，这些又有何妨？

你的来电，至少带有几分挂牵。

哪怕电话带着几分久违的尴尬，久违的无从开始，甚至无法继续。

但，静下来，会发觉，你或许来过我的时光，只是模糊了影子。

只是此刻，我不想深深地去想起。

因为，这个电话，一旦挂掉，它就是一道过往或曾经。

诗人的心，有点乱了。

本该如月光一般，不乱于心，不困于情，不念过往，宁静地在夜的时空中踱步。

如轻风一般，优雅轻拂，在这纷繁的城市里，从容面对过往，看透浮华，看落繁花。

自己，要做的，依然是，静静地去守候属于自己花开的时间，静静地聆听花开的声音。

只是你，不是诗人的花期。

我说：你好吗？

你说：不太好。

我说：你在哪？

你说：在天涯。

我说：你累吗？

你说：这些都是我问你的话，你不觉得累吗？

突然，你说：谢谢你，陪我说了这么多话。

你说：或许，是我打错了电话。

然后，我们挂断了电话，挂断了长长的尴尬。

举头遥望。

窗外，那轮月，依然挂在天涯，只是走了些距离，换了方向。

2018 年 6 月 10 日
于广州华南碧桂园

你是时光遗落在我生命中的一枚种子

清晨 6 点，穿上运动装，准备跑步。

走出酒店大厅，外面下着密密的雨，清晨的重庆烟雨朦胧。

灰溜溜回到房间，心绪有些低落。

这份低落，如同这些日子，劳乏困顿，灵感与身体剥离，思绪轻漫，了无方向，多了寂寥，少了安稳。

微信里，好多问候：剑波，你好，好久不见，有些想念。

微信里，好多关心：剑波，怎么了，好久都没写文章了？

信息渐渐多了，渐渐地信息又少了……

打开电脑，打开日志，自己都觉得惊讶，真已好久没写文字。

是没有心情，还是没有时间？是没有灵感，还是没有读者？关于原因，其实，我自己也不知道。但关于今天的结果，我无法不责怪自己。

人生长远，但为何把岁月搞得如此匆匆，如此轻落诗意，为何？

因为喜欢写些小文章，所以我常被同事称为作家。其实，我一点都不喜欢作家这个词，我喜欢说自己是个诗人。

诗人与作家到底有什么不同？

作家有情怀，诗人有情愫；作家赋灵魂，诗人赋灵感；作家思故乡，诗人思远方；作家爱远游，诗人爱独处……

其实，我知道，我的见解云里雾里，牵强附会。但诗人总是这样倔强地识别自己，使自己与世界隔离开来。

有时，也觉得，这样奔波劳累，没有必要。无论你在与不在，世界从不改变，它安静有序地继续着，绝不因为你的困惑而停下，等你醒来。

无论你何其重要，对于世界、岁月都是云烟、尘埃。

所以，此刻，我哼起了两首歌：《我是一只小小鸟》与《蜗牛》。

曾说，独处是一种能力，能独处，是因为内心拥有强大的资源。

对于喜爱写点文字的人，隐藏在内心的资源，或许就是一支笔、一摞纸、一架书、一潭如水静的心境、一眼就能千年的远方。

独处时，心清幽、情闲适、神笃定、思轻盈，所有思绪都宁静无声，所有内心都归依静泊。独处时，心里会泛起一段美好时光。目光与思想，可以自由飞翔，可以轻轻滑落，可以飘向远方，可以抵达灵魂向往的天堂。

一支笔，写着岁月静好。

一张纸，卷着人生欢喜。

一本书，读着时光繁华。

一盏茶，浸着安宁心神。

…… ……

这些时间，毫无章法，把时光搞得支离破碎，生活与工作有些乱，所以，无比渴望一段安宁的时光，让自己静静地思想。

当然，如果生命中本就曾有一段这样的时光，她一定会在这样的时刻抵达我的灵魂，她是知道与了解我的。

所以，这份低落，不是因为没有花开，而是繁花季节，没有与你同在。

正如，那时，我说，我是幸福的。

我说，我是幸福的，不是因为遇见了你，而是遇见你时，我们都处在最美的时光。

那时，我常唱："绿草苍苍，白露茫茫，有位佳人，在水一方。……我愿逆流而上，依偎在她身旁。无奈前有险滩，道路又远又长。……我愿顺流而下，找寻她的踪迹，却见仿佛依稀，她在水中伫立。"

我说，你是在水佳人。

你说，佳人在水一方。

那时，我常唱："第一次偶然相逢，烟正蒙蒙雨正蒙蒙；第二次偶然相逢，烟又蒙蒙雨又蒙蒙……问世间情为何物，魂也相从梦也相从。"

我说，相逢便是一生。

你说，一生也是烟雨。

那青春、清纯、精美的日子，此刻无比怀念。

可是，不知道为何，偶尔却怀疑，是否真有那段时光。你到底是谁，你到底有怎样长发及腰的青春，怎样清纯烂漫的容颜？你是否曾经住进我的心房？

为何，你一直在我记忆里浮现，那样清晰，那样刻骨铭心？可为何你却一直不见，难道真是一段若有若无的想念？

你，知道吗？

你，仿佛一道时光，邂逅了男孩的半生情怀。

你，仿佛一米阳光，温暖了男孩的纯真岁月。

可是，你到底是谁，你从何而来，你在哪里？何时与你相遇，相逢在哪里？我与你，是否真有相逢的季节？

相逢的季节，是否真的细雨朦胧，那里是否盛开着清香的丁香花？相逢的地点，是否有弯弯长长的古巷小街，是否在那小桥流水旁，是否在水一方？

不然，为何，每当低落寂寞时，每次清幽独处时，每次欢喜快乐时，总会把你想起，且这样深刻、这样悸动？可为何你却从未出现，难道真是一场虚无的梦幻？

你，知道吗？

你，就像一颗流星，划破了诗人的情愫天空。

你，好像一枚种子，蕴藏了诗人的毕生芳华。

每次想起，总是幸福，却又疼痛。

看不见你的身影，听不见你的话语，可你却那样生动和美丽，常常卿卿依依，常常卷书墨语，常常入诗成絮，常常入思成语。

就如此刻，你在我的时光里，如此亲切、清晰。

你——

如风，我从未采得一缕，却常常把我牵绊。

如雨，我从未珍藏一滴，却常常把我淋湿。

如语，我从未刻录一句，却常常在我耳边细语。

你如时光，穿越我半生的岁月，牵出无数美好瞬间，却把岁月的日历，一页一页地撕得消瘦，留下无数叹息。

你到底与我何时相遇、相遇何处？

难道，相遇本是一场朦胧的烟雨。

时光流淌不息，难道是岁月忘记了曾经？

或许，你是一枚种子。

一枚被时光遗落在我生命中的种子，落在我的心房，生了根须，却无法长出绽放花朵的枝芽。根须蔓蔓，扎在心里，思绪便常常泛起你的影子。

轻触时光，一些思绪如此刻重庆的烟雨，滴落心上，触伤了欲望，微微有些凉。

朦胧烟雨，如梦般的曾经，若隐若现，缱绻着这5月的重庆时光。时间煮雨，岁月流沙，流年清浅，水木年华，清颜已成霜，是否还有在水一方那婉约的旧时光？

时光，留不住昨天。

缘分，未停在初见。

世界再大，大不过一颗心，大不过一场轻轻的想念，心中有岸，自然就有渡口，自然就有安宁的时光。

拈花浅笑，时间煮雨，谁能紧握掌心的梦话，谁的烟雨又能朦胧时间的白马？眼泪定会被岁月蒸发，低落定会随时光消逝，还我一份安宁，还我一身素雅。

怀一颗淡雅之心，把时光遗落在心上的种子轻轻地收纳，不必刻意什么，更不要期待在心中盛开繁花。

安静地看书，不要想念。

悠闲地煮茶，不要思考。

看累了，可以闭眼，可以嗅茶香，静拥一杯清淡的温与暖，静守一刻柔软的闲与适。

窗外，烟雨朦胧，打开窗，凉爽的空气拂面，顿觉神清气爽。

心静下来，淅沥的雨声，听得如此真真切切，声音清新清脆，仿佛种子发芽的声音，滴答、滴答……

2018 年 5 月 19 日清晨
于重庆

第二编　时　光

诗意时光

Poetic time

朝夕、四季、一生

都是光阴的故事

都是阳光的距离

装上故事，时光就老了

装上你，时光就暖了

时光老了，故事暖了，慢慢地，光阴就成了诗

你，就是一枚光阴的种子

被时光

安放在我的诗意里

…… ……

光阴的四季

天空上

阳光软软地穿过机窗

柔柔地贴在诗人的脸庞

诗人，闭上了眼睛，停止多余的想象

飞机缓缓地飞行着

她带着诗人

抵达向往的方向

天空上

一尘不染，剔透得如诗意的天堂

也好像，你恬静的模样

和着光阴，缓缓流淌

不被惊扰

不再惆怅

心，剩下，诗与远方

天空上

没有变换的四季

光阴不过是清晨到黄昏的天涯

一双清澈的眼睛，自由张望

仿佛舱外那双翅膀

伴着云朵，飞翔

风清的日子

光阴长着嫩嫩的芽，芽尖淡绿

怀着对生命的想象

温柔的大地

融化了一冬的积雪

化成一条河，仿佛温暖的臂膀

把你滋养

灿烂夏季

光阴绽放浓烈的热情，一季丽色

涂着生命的彩妆

繁星点点的夜空

如一场盛大的演出，倾泻着天堂的花瓣

仿佛一双双闪闪的眼睛

把你观赏

陌上秋意

枝丫上，穿着金黄的衣裳

风起时，遇见你纷纷飘落的美丽

躺在月下的落叶丛里

静美的大地有些清凉

让你熟透的果子，落在我温柔的怀里吧，让我

把你安葬

冬雪飘起

诗意天空，光阴极美

你，蕴藏着一枚晶莹的梦

诗人，倔强地走向你的腹地，把光阴与生命

怒放成一枚傲世的梅花

开在心的中央，那雪落的声音，是我在

为你歌唱

天空上

云彩收纳起光亮

光阴的两个孩子，太阳与月亮，渐渐相忘

诗人，为一滴露含羞，为一朵云欢畅，为一片叶感伤

诗人，为等那一场雪

一直到藤蔓

缠疼了流年的墙

天空中

一个人的旅行

只有点点星光与柔软的影子，空空荡荡

诗人手持一把剪刀

剪开流年的细水时光，那道口子

是流星的痕迹

是光阴的诗行

2018 年 6 月 21 日

于广州到沈阳的 CZ6368 航班上

槐花之恋

又一次，与你（槐花）遇见

是在蓦然回首的一瞬间，在大连的城市海边

已经好多年，未曾与你相遇

匆匆漂泊的时光里

总是，错过了你的花期

总是，错过了与你遇见的地点

我爱你

我就爱你的这一片洁白

虽然，你不如桃花娇艳，也不如莲花娉婷

但我，就是深爱着你洁白的容颜

风中摇曳着的美呀

你就是我生命中的春天

我爱你

我就爱你的这一身素雅

虽然，你守在贫瘠的山峦，不招不展，不迷不彩

但我，就爱在你的枝丫下，坐到忘返

风中飘落下的花瓣呀

你就是我生命中的喜欢

我爱你
我就爱你的这一缕清香
你，虽是十里芳菲，却是清气透轩帘般的淡雅
我，穿梭在林间，让你的清香把我浸漫
风中荡漾着的味道呀
你就是我生命中的香甜

我爱你
我就爱你的这一枚晶莹
于淡泊间不俗，于繁华间不嚣
闻尘世之气而不污，沐清露之雅而不妖
我，把你捧在怀里，相拥相牵
风中演绎着的俏丽呀
你就是我生命中的依恋

一树槐花
仿佛挂在树梢的剔透眼眸
倾诉着一树的心事
紧扣着心房的花瓣呀
紧锁住漂泊人思念的语言，此刻遇见
你就是我纯净的蓝天

摘一朵
放在心间，用双眸把你收敛，原来
你就是漂亮的妈妈

把你放进心田，我深情地想念

你的身体还是那样温暖，把我的泪腺击中

两行滚烫的泪水流在天涯

摘一朵

放在怀里，用掌心把你贴紧，原来

你，就是美丽的伊人

好好把你拥抱，我深情地吻着

你，微微风簇雪花浪，阵阵清芳天使来

醉了我的世界

在异乡的城市，在这片孤独的山冈

与你遇见，让我好好地看看你，守在你的身边

亲爱的妈妈（伊人）

那花丛中围绕着你的小蜜蜂，它就是我

匍匐在你的花蕊，沾满了你的粉黛

一生将你春恋

2018 年 5 月 25 日凌晨
于大连

秋　情

晨风
吹落一地的林间红叶
秋
已经很深了

红叶
累了，落了
静静地躺在大地上
诉说着秋愁

秋风
起了
落叶，走了，远了
挥手间，作别深秋

天地
凉了，冷了
荒凉了秋
萧瑟过后，将是一个季节无奈的荒芜

太阳
升起
穿过林间，铺洒在落叶和大地上
涂上一层金黄的暖

阳光
抚摸着落叶的脸庞
落叶满身的伤疤
是季节伤感的痕迹

大地
痛了，漫山遍野的红染
是否，哭了
血红了季节最后的风流

2016 年 11 月 2 日
于天津

雪与春天

在广州待久了，以为世界都已经入春。

着一件单薄的衬衣，就开始了旅行。傍晚，飞机降落在沈阳桃仙机场，走出机舱门，身体马上哆嗦起来，哦，亲爱的，这里还是白雪皑皑的冬天。

一场好大的雪，把沈阳覆盖得严严实实，包裹住了很多渴望和欲望，漫长的冬季，让这个城市失去了生机和灵气，一切仿佛都被尘封，季节都仿佛被静止在冬季。

雪，飘舞着，仿佛灵动的眼睛。

雪，飘舞着，仿佛晃动的心绪。

整个世界，都渴望着春天的到来，期盼着春天脚步的声音。

清晨，格外寒冷。

我在北方生活多年，我深深地热爱着雪。

哪怕寒冷到极致，我依然来到清晨的怀抱，倔强地跑向原野，跑向大地，跑向洁白安宁的世界。清晨的沈阳，无垠的白雪，覆盖着无边无际的大地，世界一片静好。

清晨真的好冷，大大的沈阳城人烟稀薄，没有人群，甚至没有行人，整个城市静悄悄的，没有声响，哪怕是大地的呼吸，都仿佛被凝固。

清晨的风，哪怕是微风，就像刀子一样，在脸上划出深深的痛感。

在风里，我寻觅着春天的影子。

在风里，我聆听着春天的脚步。

北国的冬，已经太久。被禁锢的眼睛，深深地渴望着春天。

在雪地奔跑累了，缓步下来，我的情感也复杂起来。

雪，我爱她的洁白，使世界晶莹得像诗一样；我爱她的轻盈，轻叩着我心灵的门扉；我爱她的安宁，装扮着岁月的容颜。

在雪中，踏一行脚印，留下了我的情愫。

在雪中，写一行诗句，镌上了我的心语。

静静守候，默默欢喜，在洁白无瑕、晶莹无尘的雪地上，安放着一场地老天荒的童话，安放着一场至纯至净的向往。

可是，漫长的冬季，更多时候并没有雪，只有漫天的尘埃和无际的浑浊，诗和灵感都会在这漫长的季节里变得混沌，所有关于青春活力与诗意飞扬的想象，都是一份守望和奢望。

希望，你是最后一场雪。

希望，这是漫长冬季与你的最后一次邂逅。

希望，阳光有味，雪融有声。

希望，春天抵达，诗意生长，多情的大地长出生命的嫩芽。

所以，当清晨的太阳穿过窗，洒在我的床上，不用诱惑，我就打开了房门，极速地涌向雪的腹地。

在充满想象的白雪上，轻轻呼吸，雪上空气，凉入心扉，浸入血液，我如童话世界的白马王子，等待着纯洁美好的白雪公主到来。

如果，真的等到，我将为她朗诵一段世间最纯净的诗篇。

雪后的清晨，最暖心扉的，是明媚的阳光；最清澈明净的，是阳光里消融的第一滴雪水；最幸福快乐的，是第一眼看到这阳光里的世界。

阳光，温暖着冬雪。

冬雪，为迎接阳光，无悔地献出生命。

这是一场纯洁执念，用这样的执念来迎接春天，还不够吗？

雪，是冬的记忆。

雪，是春的惦念。

雪，消融成泪，滴落大地，滴落成天籁般的声响，滋润了季节，浸润了双眸。

我安静地跑在这洁白晶莹的世界，听着脚与冰雪摩擦的声音，仿佛细听着季节的述说，仿佛倾听着雪与大地的告别。

阳光抚摸着我的脸颊，我抚摸着大地的胸膛。

晨风，轻轻吹着。在阳光升腾的时候，吹来如玉的温婉，吹来满地的清晰。

把想象播撒在阳光里，在旷野上播下金色的希望，孕下注定绽放的烂漫，一份纯真、一份陶醉、一份憧憬，绵绵远方，层层叠浪。

我追逐春天的脚步，抚平了冬天走过的足迹。

我渴望春天的思潮，乘着阳光，乘着晨风，在干净无尘的旷野上飞奔，自由自在，无拘无束。

雪域太阳

金色阳光

铺满无垠的想象

写意即将到来的春天

风，把雪

吹在我的脸上

在阳光里，融化成一滴告别季节的泪

那是对记忆的眷念

脚步

坚持着走向旷野

迎接着最美丽的光芒

这是你我的执念

脚与雪

摩擦出冬与春深情对话的声音

在阳光里

世界，慢慢温暖

2017 年 2 月 21 日

于天津到沈阳的高铁上

夏月静夜

匆匆一程，忆如斯，低回怎忘？宽衣裳，落榻时，夜风微来。轩窗处，月光依依，静月夜，诗残莫续，不可深更哭一场。

轻风洒月，触绪还伤，孤单郁结，心境滑落，减尽忙，轻轻装，合上笺，窗外无声语，离人细享月光。

窗外的夜，月光静淌，虫声啾啾。

细风抚夜，月光拂面，抚摸自己的孤单。纳兰词和思绪交织，想象和乡愁混合，夜晚也被情绪化。

这样的夜境，这样的凌晨时分，这样的心情，我不敢读书卷，我害怕控制不了自己的情绪，思想一旦自由起来，便一夜不能入眠，我甚至害怕控制不住自己，会拨通伊人电话，打扰伊人休息。

我更害怕电话忙音，让自己失落在异乡城市，丢失了魂。

沏一杯家乡花茶，淡淡茉莉清香，把窗帘拉到极致，把玻璃全都打开，让月光铺满整个房间，让夜风凉透整个世界，安静地坐在椅子上，面向夜空与月亮，或许，也可以盘坐在地毯上，甚至可以裸露自己，彻底放松，在落地窗前，静静坐，淡淡想，悠悠思。

让夜风抚摸，清清爽爽，多么惬意。

让月光抚摸，皎洁心境，多么静好。

闭上眼睛，不要思想，触摸深夜的静好，放空忙碌与紧张。

闭上眼睛，不要思绪，呼吸月光的味道，让心慢慢地平静。

闭上眼睛，不要思念，穿透夜晚的空灵，让时光缓缓流淌。

也可以睁开眼睛，望望远方，对自己道一声晚安；也可以打开纸墨，卿卿话语，写下不寄出的日记；也可以打开心扉，浅酌香茗，品尝伊人捎来的清香。

明月别枝惊鹊，半夜清风蝉鸣，别院深深夏清，满天星点帘明。

绿树荫浓夜长，楼台倒映入塘，月照风起帘动，满塘莲荷舍香。

此般安宁的深夜，如果不自由地思想，如果不自由地穿越，岂不伤了这静好时光。

可以在伊人的心房里，喃喃细语。

可以在怡人的月光下，慢慢馨香。

可以在恋人的夜风中，轻轻飞扬。

或许倦了，带着问候的这份月光，可以飘进她的木窗。

或许入眠，带着守候的这丝清爽，可以亲吻她的脸庞。

或许想念，带着相思的这缕夜风，可以擦干她的泪光。

亲爱的伊人，此刻已是凌晨时分，可是，没有一丝倦意。今夜，如此情愫怀扬、思念齐放，没有忧伤。轻轻的、微微的、淡淡的情怀，仿佛月光，仿佛茶香。

亲爱的伊人，这样静好地品读月光，悠然怡情。我克制不了想你，想你的模样、想你的目光、想你的芬芳。这样的夜里，我能读懂你的惆怅。你的惆怅，在夜空里滑落成苍茫；你的眼眸，在月光里，被露珠沾湿。

亲爱的伊人，这样安宁的夜晚，我把你好好地思念、好好地端详，我托月、我托风，捎了我想你的话语，不知，这夜风，是不是你想我时的牵绊。

2016 年 7 月 19 日深夜
于天津

如果时光有印

一场小疾，住进偌大医院，反而有些紧张。

这场小疾，原本没什么，我也没当回事。虽然身体有些疼痛，这种疼痛，在这些日子里，也把我小小折磨了一番，但我骨子里还是欢腾的，甚至还想着去吃重庆火锅，也不断地在微信里发着关于工作的消息。

昨日，我担心我的爱人紧张，还和她一起去看了一场电影《悟空传》，也美美地去消费了一桌的四川小吃。

今日，手术前一天，很多朋友和亲人打来关心的电话和发来问候的短信。开始，我还逐一回复，但随着回复增多，反而把自己搞得有些紧张了。

突然，有个微信粉丝，可能不知道我小恙，发微信给我：曹诗人，这些日子怎么没有文章呀？

我说：不是前几天还发过一篇《永远热泪盈眶的年轻》吗？

他说：那不是一周前吗？今天不是周末吗？估计你有新作，所以催催。然后，就是一长串的微信鬼脸。

爱人在床边阅读桑妮的《若无相欠，怎会相见》，轻松悠然。此刻，她眼中好像没有我，或许她已经忘记，她是来陪护病人的。

她的轻松，也是我需要的幸福和闲适。

此情，此境，写点什么呢？

生命与生命的旅程。

时光与时光的光影。

我曾说，每一段生命的旅程都是时光的集结。如果真如此，生命里的每一份快乐与痛苦、幸福与孤独、灿烂与阴霾的轮回，就是一年的春秋与冬夏，就是时光的白昼与黑夜，就是明月的阴晴与圆缺。

此刻医院，是否就是时光的印记？

生命里，总会有一段时光，可以让人停顿下来，淡泊安宁，不言不语，不思不念，不惊不扰。任时光流淌，任光影匆匆，在这样的时光深处，哪怕曾经碎零如花瓣的光点，都会被串成一行时光长印。

这行印，缓缓地向我走来；这行印，静静地将生命镌刻。

把曾经，把过往，把记忆，把岁月，把那些在时光里流淌过的故事，把那些在生命里闪动过的记忆，折叠成一座小小的城，一个人带着思绪，在小城的深巷里慢慢走、慢慢想。

把感动的故事卷成一行诗，把美好的记忆印成一幅画。

然后，在闲适的时光里，数着小城古老的石阶与吊楼，数着深巷沧桑的琉璃与青瓦，数着天上发光的星星与月亮。

故事与记忆慢慢交织，交织起感触和叹息。

于是，一些经年的过往，一些模糊的曾经，一些淡去的人儿，在搁置中被缓缓拾起。时光，在夜里，摇曳成一滴痛，拉长为一行印。

无论多匆赶的时光，都曾在生命的某段漫步。

无论多枯萎的梗枝，都曾盛开几朵娉婷的花。

在没有约定的未来里，生命的浓妆与淡抹将会在时光的某个路口不期而遇。我相信，我定会看到时光的影，看到时光的印。

我，坐在时光的渡口，守着岁月，读着从他乡寄来的你的片片碎语，低眉听尘，闭目凝思。

我沉浸在有你的温柔里，我沉浸在有你想念的这一份深深的欣慰里。

一场风、一场雨，湿润着我干枯的眼睛。

一场风、一场雨，扰乱了我繁杂的心绪。

窗外，微润微凉的夏风吹散了天空的云，星光清凉如水，月光从遥远的天际泻下，叩响了窗棂，拂去了窗纱，洒到了我的病床头。

云中谁寄锦书来？

星星好像精致的花瓣，风儿好像娇柔的笑颜。此刻，生命如玲珑琥珀，蕴藏流年痕迹和时光芳香。

亲爱的，此刻夜里，你的灯火阑珊处是否有我的影子？我的灯火阑珊处回眸着你与时光长长的印。

此刻，安宁的夜，安宁的时光，安宁的自己，折叠起所有的问候与祝福，在心灵的深处，轻轻放，浅浅念。将一夜的宁静和一房的约味写成浪漫，将时光与岁月绘成美丽。

生命，在笔尖处生花。

你和我，在笔尖上优雅结伴，走过曾经，走向未来。

时光里，每一站都有些流年的梦。

生命里，每一段都有些珍贵的情。

很多时候，很多看似拥有的，未必真的存在；有些看似离去的，未必真的离开。此刻，读着每一条来自远方的多年未见的你的短信，心底泛起暖意。

这份暖，如初见，淡淡的，虽已多年，却一直在时光的路上。

　　你在，与不在；我念，与不念。这份浅念，无关岁月流逝，无关家的迁徙，无关风月素笔，只与曾经、注定有关。

　　你，在，岁月芳香。

　　你，不在，岁月沉香。

　　陌上红尘，有你在或不在的那一段，都在这个无扰的夜里缓缓向我走来，与你静坐时光，与你对话文字。

　　这份暖，在岁月深处，在深夜，泛起真切的涟漪。

　　亲爱的，你的问候，我不再回复。

　　我把你轻轻的话语化在一纸水墨里。一纸距离，遥遥千里；一纸距离，倚在身旁。

　　一行碎语，说给时光，说给岁月。

　　一行心语，说给远方，说给牵念。

　　碎尘成澜，时光素颜。夜凉成露，晶莹了时光的印……

2017 年 7 月 16 日

于广东省中医院

我深深地爱着你

清晨，微风，带着秋爽，卷起窗纱，进了房。

打开所有的窗，让清新的空气浸染着我，看着天空淡淡的云彩和浅浅的蓝，看着黄叶飘落，感受季节的余温，打开心灵的门，收藏下这美好时分。

很长时间的忙碌，不知不觉中，秋天来到我的身边，带着秋风，带着秋的温暖阳光，带着孕育一年的浓浓秋色，天空那样高、那样蓝，云儿那样剔透、那样自由，大地美丽多彩，岁月温暖轻柔。

所有的景致，都以繁花落尽的沧桑与凄美为结局，让你深深地体味和怀念。大地上，累累硕果，娇色繁华，尽拾岁月，捕尽时光。

秋叶，在秋风里慢慢被染黄；心情，在秋色中渐渐放松。留一份明亮的视野给自己，把风轻云淡的天空装进心灵。

这些年，以爱与逐梦之名，我跑遍了祖国的大好河山，走遍了祖国的大江南北。

一路鲜花，一路风景。一路梦想，一路人生。走遍了岁月轮转的春夏秋冬，看遍了波澜壮阔的五湖四海，听遍了神州大地的美丽乡音，讲遍了九州华夏的梦想与故事。

我爱秋天。

我爱秋天的味道。

秋天的大地无比美丽，到处是丰收的喜悦，满载着沉甸甸的收获，苹果红了、橘子黄了、葡萄甜了、稻谷香了，松软肥沃的土壤散发着香甜的气息，辽阔无垠的大地散发着香甜的芬芳。

仲秋的桂花，一树馨香，袭人心怀，浓香远逸。桂子月中落，天香云外飘，在秋天里，桂花的盛开浓烈地表达着对季节的依恋和深深的爱意。

秋天，是对勤劳与付出回报的季节，是对善良与真诚眷顾的季节。

此刻的祖国，所有人的脸上都洋溢着甜美的微笑，朴实亲切，祥和动人；所有人的心里都哼着无比快乐的歌，拥抱季节馈赠的一片金黄。

我爱秋天。

我爱秋天的颜色。

秋天的天空，有着诗意般的蓝和透，宽阔舒畅，可以给思想与灵魂无限的自由和空间。秋草黄，秋水长，鸿雁掠湖。如果你放目瞭望，大西北的胡杨林，尽染金黄，蔓延天际，恍如至美的童话世界，每棵胡杨树仿佛都在燃烧着生命，表达对大地的深情。

如果你到东北，踏入林道，漫天的银杏叶在秋风里款款滑落，如穿着金色衣裳的姑娘在舞蹈、在歌唱，围绕着你的身影，如绝美绚丽的邂逅，恍若生命沉淀的美。

如果你到香山，漫山遍野的红，是对季节的礼赞。一梦千年，不改初衷的执着风姿，一直铺满到长城雄关，深浅不一的红润，让人产生无限遐想。秋天不到，红叶不红，风霜不染，红叶不透，那漫山的红，恍若血液，把生命灌溉。

伟大的祖国，被这多彩的颜色装扮得如此华美，幸福而慈祥，庄重而厚重，给九百六十万平方公里大地上的人们无限的憧憬和希望，精神爽朗，饱满自豪。

我爱秋天。

我爱秋天的风月。

秋天的风，轻轻的、缓缓的、爽爽的，娇柔性感，把大地吹得金灿，把山林吹得多彩，把白云吹得舒缓，把江河吹得婉转，把思绪吹得悠长。

秋天的月，白如玉、圆如盘，如眼睛、如心扉、如恋人、如新娘，娇美而温柔，挂在透彻的天际，静静地依恋着季节。

秋天的风月，可以让心绪安宁，可以让灵感回归，可以馨香挂怀，举头望月，低头思乡；可以缱绻思念，一纸信笺，折叠年轮；可以千千结，千千梦，唯愿唯念，诉长风淡月之情怀。

如果秋愁太长，可翻书阅卷，读旧时诗篇，品旧事情怀，赏大千风月。

江山九秋后，风月六朝余。

风月芳菲节，物华纷可悦。

风清月正圆，信是佳时节。不会长年来，处处愁风月。

此刻的祖国，江河大地如诗如画。

我爱秋天。

我爱秋天的多情。

秋天的小雨，绵绵长长，一场秋雨晓风凉，一年叶落知归依。雨潜青苔寒浸石，芭蕉听声风裹池。秋雨淹没了酷热，烂漫了山河，厚实了瓜果，滋润了心境。点点滴滴，朝朝暮暮，拂面羞羞答答，入怀蒙蒙依依。

秋雨多情，细如丝，柔如须，美如天使，浪漫如诗。

秋天，充满感动与深情。

清荷低矮，柳枝慢衰，芦苇低头，知了喘息，蟋蟀哀戚，北雁南徙，一涧溪水，些许鸟鸣，几许繁花落地，流年渐渐远去。

雨洗清秋，寒烟弄地，高树凉归，湿桂云起，一场秋雨，一滴秋露，一缕秋风，一地落叶，遮掩了心事，掩藏了一眼的寂寞。

大地被秋风与秋雨吹黄，秋去秋来，生命轮回，飘落了往昔，拾起了记忆，季节慢慢凉、慢慢冷，一年秋天已浓妆。

祖国如诗，江山如画，多情多娇的人们，幸福开怀，微笑驻颜，或守在家园，与父母孩儿一起，赏一轮圆月，共享天伦；或踏山涉水，饱览祖国盛世风采，赏大漠收残阳、明月醉江山的璀璨胜景。

此刻。

风景正好，时光正好。

情愁正好，心情正好。

一颗无尘秋心，一杯清茶，半杯是芳香，半杯是明净，沉醉在美好的季节里，坦然安恬，写些文字，字字多情，字字含香，字字美丽，字字丰盈。

时光走笔，心静花开。

2017 年 10 月 1 日
于成都

秋，用尽青春只为你

昨夜，一场秋雨。

秋雨，敲打着窗和窗外的树叶，沙沙响了一夜，让夜多了一些缠绵，也多了一丝湿冷。

清晨，小雨淅淅沥沥，依然未停，庭院里多了一些泛黄的落叶。秋，在落叶里多了几分感伤。

秋，仿佛一段人生。

多年前，诗人曾经说过，人生就是一场际遇。际遇，有时是一段缘分，有时又是一段等候。那么，秋的缘分是什么？落叶纷纷，铺满一院，愁绪浓郁，她在等候着谁？谁是她的际遇？

着一身单薄素衣，站在庭院，雨到眉梢，滑落脸庞，眼睛和心都有些冰凉。晨雨中的秋风，虽是微微，却也冰凉，甚至凉透肌肤、凉入心骨。

染黄的叶子在风里缓缓落下，有些款款，有些柔软，仿佛一个身影经过眉宇，或曾熟悉，或曾相逢，可就是想不起。

繁芜世间，岁月匆匆，却也静默，不知不觉，今朝今昔，一个季节，就这样随叶落幕。一片黄叶、一个转身，繁花的季节就这样不经意而情深意切地离去，然后消沉了身影，陨落了踪迹。

一场秋雨，染了凉意。

一场秋风，透了心房。

秋，仿佛一个特别有个性的女子，美丽却萧索，温润却寒凉。

所有的故事和情绪，仿佛生于眼睛，也仿佛生于心扉；仿佛生于自己，也仿佛生于她，更仿佛生于秋的极尽演出与落幕。

你若欢畅，她可烂漫缤纷，姹紫嫣红，极尽色彩之绚丽。

你若忧愁，她可落叶伤怀，依依不舍，极尽殉情之缠绵。

你若开怀，她可春华秋实，硕果累累，极尽喜悦之欢颜。

你若淡然，她可纤纤风月，繁星点点，极尽禅意之安宁。

你若诗意，她可娉婷流年，烟雨蒙蒙，极尽邂逅之浪漫……

秋，就这样不惊也不扰地靠近又离去，穿过时光的栅栏，风轻依旧，执念不变，轻轻地落在发梢，落在人肩，落在地宇之怀，把时光定格，把光影尘封。

于是，那年，那月，那人，思念不老，情海不枯，如此刻的庭院秋雨，稠密如织。

抬头，轻吻一滴薄凉。

低头，细看一片落叶。

一滴一凉，一风一叶，秋意融进了诗行，若可，就让诗人写一段水墨文字，为这份关于秋的美丽和感伤言说。

一朵花开，只为秋实。

一尖青芽，终成落叶。

陌上流年，红尘际遇，缘起缘落，因果相生。春天里的繁花与绿枝，是被谁种下，又是为谁绽放？

昨夜一场雨，今晨一抹风，庭院飘落的叶，沉静无言，孤单的影，无声无息，无人懂得，无人聆听。

秋，静卧大地，静依树根，这份执着与从容，不慌不乱，不分不离，不痛不疼，不怨不悔。慢慢地，诗人心间泛起无限欢喜。

这番景，仿佛挚爱的絮语，以优雅深情的方式盈满季节的空隙，满目皆是季节的情绪与感叹。

那一朵繁花，高贵娉婷地在春天里娇艳绽放，何处是她的遇见？

那一枝青芽，清雅芬芳地在阳光下婀娜摇摆，何处是她的归依？

此刻庭院，秋雨深深；此刻秋情，落叶哀哀。

回首青春，年华静好，春意荡漾，时光流淌着无尽的香；可是，此刻，你的模样，满目支离破碎，伤痕累累，只一眼便是千年颜殇，繁华世界三千依旧，却搁置下流年的沧桑，谁，牵走了岁月时光？

秋，思绪是深邃的，心情是静美的。

可秋雨绵绵的日子，心情和景致容易萧索，也容易忧郁，于是，总爱想一些人、一些事，想起一些美好时光。

一个人的清晨，一个人的晚秋；一个人的心境，一个人的秋情。蹲下身来，轻轻拾起落叶，一片，两片，三片……

每数一片，就生起一片告白，而这一个季节，又这样在默念中逝去。

踏着满地落叶，心有颤抖，枯瘦的落叶，无声无息地躺在秋雨里，沾满了雨露，仿佛满面的泪水，是在哭泣吗？或是在哀叹？

晓来谁染霜林醉？总是离人泪。有谁懂得这沙沙的声音？

诗人在庭院的中央，手捧落叶，手握季节，抚摸叶痕，感叹岁月轮回，感伤时光流逝。

或许，诗人也读不懂秋。或许，诗人也只是浅浅地读着秋。

可是，就这一丝浅浅，诗人眼角渐渐湿润，不觉痛楚，也不觉凄凉，不知不觉，或许是秋雨朦胧，烟雨入眸。

可岁月经不起许久的等待。

做一个如繁花、如春芽的少年，用尽青春守候着如秋的女子，如秋风般温柔，如落叶般静美，如秋韵般悠长。

如秋的女子，深情款款地依恋着季节，义无反顾地归依与大地的际遇。

秋的雨，秋的叶，从未与春相逢，却将化为护花的春泥……

2017 年 10 月 29 日
于成都

风，吹走了岁月，吹来了谁

2016 年

台历，一页一页地撕下，撕到了今夜

撕下了多少牵挂

撕下了多少岁月

撕下了多少风尘

…… ……

未被撕下的

是一年余下的些许时光

此刻的南京城，室外有些冷，房间却暖暖的。

在客栈安顿下来，静下心，细细想，回头望，时光一片静好，从身边滑过的岁月，留下了多少坚实的足迹和精彩的痕迹。

匆匆的流年，匆匆的背影。

匆匆的四季，匆匆的繁华。

在这充满告别的冬季里，岁月多了一些留恋和珍惜。突然，觉得这个寒冷的季节多了一份深沉和厚重，多了一些安宁和温暖。

有些事，很奇怪，就如南京。哪怕历史悠久，曾是六朝古都、十朝都会，但这些年，在我的世界里，它只是书中风景和故事，熟知但不熟悉。

可 2016 年 11—12 月这短短两个月间，我却三次到访。曾经关于江南的梦、天涯的想象，就在眼前，就在目光触及之处。我行走在雨花台的石路上，寻找岁月镌刻的痕迹。大雪时令的季节，风已萧瑟凄冷，袭来一身的寒意，眼角噙雨，独自在中山陵敬畏着丰功岁月的曾经与历史。

今夜，感悟匆匆岁月的沧桑，这种情怀越发强烈。

回到房间，素衣裹身，小雨打窗，独自伫立在红尘里。思纷飞落叶，守季节身影；想凋零繁花，候岁月容颜。

南京，匆匆相逢，弹指一挥间。

明日，又是天涯，再逢在何时。

人生，渡口众多，何必刻意重逢，留一些在记忆里，或许更美一些；或相忘于江湖，或相忘于淡然，或许更轻松自然一些。

这些天，行南走北，北国已是地冻天寒、皑皑白雪，南国却仍是暖风柔阳、生机盎然。祖国实在太可爱、太辽阔，大得能在同一天里交替体验着不同的季节，于是，坚强的人感冒了，身体拉响了警报。

很多至爱的人，都发来短信，关爱诗人。可是，我真的没有时间去打理身体，调侃地说：没有时间来收拾感冒病毒，就让它再潇洒几天吧，况且，它们也不容易，在我身上也没少下功夫。

我是幸福的，匆匆岁月里，这些问候和祝福，如清澈甘泉、雨露阳光，让我的生活溪流潺潺、春暖花开、光亮温婉。所以，哪怕此刻的南京，季节清冷，在诗人的眼里，依旧阳光袭窗，繁花芬芳，温情微澜，幸福涟漪。

夜风，吹来冬雨与感冒，亦吹来温暖与幸福。

夜风，吹走光阴的错过，亦吹来时光的守候。

夜风，吹走季节的落叶，亦吹来时节的安宁。

夜风，吹走岁月的过往，亦吹来年华的记忆。

夜深灯浅，风轻雨柔。

落叶从眼前飘落，宛如温情邂逅，牵引着我的视线。

再也不能错过，哪怕雨夜，也得前往。冬夜的雨，给雨花台平添了些诗意和古韵。如果你喜欢浪漫，你就驻足，让风雨和着这份古韵与诗意抚摸你的身体，这种感觉会浸入你的呼吸，浸入你的血液与思想，你会迷恋这种感觉，也会迷恋上让你产生这种感觉的雨花台。

风，在夜里吹着，吹着小雨。

风，吹走了岁月，吹来了谁？

多少曾经，在时光里，被铭刻和隐藏，甚至被冷落和忘却。只是因为，我是一个怀旧的人，所以一直守候着过往。就如在这份感觉里，我闭上眼睛，低下眉头，你就在我眼前浅笑，笑得温暖，笑得亲昵，如昔，如忆，如幻。

往事就这样被牵绊起，泛起波澜，如薄纱般迷住了诗人的眼睛；冬雨冷冷的，湿润了诗人的眼眶。

南京，异客。

天涯，哀愁。

可这份愁里，总有些绵绵的幸福，诗人是享受这份凡来尘往的。

因为，有你在我最美好年华的情怀里。那是最美好的时光，因为青春懵懂，所以情真意切，因为情愫初萌，所以至美至纯。

可是，叶再绿也会枯黄，花再艳也会凋零，青春再美好也会沧桑，人生就如一场电影，终会谢幕。只是那一刻，添了叹息，多了思量。

时光不会静止在昨天，初见不会永远停顿在渡口。

道理虽浅显，可我却固执地想凝固和冷冻那些美好时光，只是因为，时光里有你清纯的样子。

我执着地认为，属于诗人的时光，不可能真的就杳无踪迹地成为过往。

所以，哪怕岁月无声，哪怕过往无痕，哪怕这些年的守候很是有些疲惫和疼痛。我依然相信，在某个城市，在城市的某个拐角，在拐角的某个刹那，你一定会深情回首，与我的目光相遇。

有人曾这样问诗人，如此坚守着曾经的情愫，是不是对现实的伤害？

那一刻，诗人没有作答。世间最美好的，不是有人多爱你，而是有人懂你。

把曾经当作现实是悲哀的，但把人生花季裁一段，以珍藏的方式来保留、守候，是一种尊重过往、珍惜记忆、珍爱今昔的情怀。

我是幸福的。

因为，你，还有你们，生命中所有美丽的曾经都以最美好的方式，在最美妙的时光里，再次重逢，虽经岁月洗礼，但依然清新，依然不惊不扰；而在守候重逢的时光里，我守候着爱的归依，守候着我至爱的伊人。或许，这是光阴对诗人的眷顾，是岁月对诗人的恩赐，更是上天对一颗纯正初心的奖赏。

每天，我静静地守候岁月，守候岁月最纯真的美好。

每天，我静静地守候着你最真诚的祝福和问候。

你在，我就是幸福的。

2016 年 12 月 6 日
于南京

一半流年，一半明天

撕下最后一张台历。

2016 年，还剩几个小时的时光，我不得不认真地对待与珍惜。

今晨，一年最后的一抹阳光，穿透玻璃，暖暖地洒在我的书桌，洒下一房间的阳光味道。

等一会儿，我将启程，跨越一年的漂泊，回到渡口，与家人团聚。在这匆匆时分，岁月归尽，阳光安然，难得一份美好闲时，我静静地伏案看书，写点关于时光、关于温暖、关于思绪、关于思念的文字。

静读流年烟火，静看岁月风影，静听光阴故事。整颗心、整个思绪都沁在这份美好里，沐浴在 2016 年冬日这最后一份温暖和润泽里。

诗人说，生命是一场遇合。

是冬天与春天的遇合，是寒冷与温暖的遇合，是天空与大地的遇合，是昨天与今天的遇合，是清晨与阳光的遇合，是守候与相逢的遇合。此刻，一半流年，一半明天，时光即将在下一个站台遇合。

心，充满着美好的祈盼和祝愿。

诗人说，生命是一场旅途。

所有的遇见都是一场缘分，每一场重逢都是一场思念的邀约。所有旅途的尽头都充满了疲惫与困乏，但更充满了收获与喜悦。所以，人生旅途中匆匆而过的风景，需要你倍加珍惜，珍惜每一份难得，珍惜每一个瞬间。因为，有很多瞬间，其实是上帝的恩赐，可是，很多却已经错过。

所以，此刻，诗人放松了下来，尽情享受着这份难得，看着窗外明媚的阳光，感受时光的美妙与岁月的静好。

2010 年，即将别离，在这岁月归依的时刻，有多少人被想起，有多少人本该珍惜却被淡忘，心中充满了想念，充满了感触。

这一年，到过很多城市，在每个城市留下了自己坚定的足迹。这一年，与爱人和孩子各守异乡一隅，多少夜晚，星月寂寥，独自寄托着深刻的想念。此刻，一半流年，一半明天，在即将遇合的来年，孩子即将高考，与家人的两地生活即将结束，亲爱的伊人会来到诗人的身边，岁月将记载下多少温存，将写下多少温馨的陪伴与相守？

这一年，注定会成为生命中最美丽的怀念，多少刻骨铭心的青葱友谊在渐老沧桑的情怀里重逢。这些陌上旅途、红尘路中的重逢是生命的守候，是生命的眷顾。这些重逢，如经年的约定，如菩提光阴的轮回，在生命里梦萦，在年轮里挂牵。这些相逢，素心如莲，清纯简净，这些美好的重逢，如春风拂面，如秋日暖心，诗人如此幸福。

这一年，诗人的工作充实丰盈，生活快乐幸福。虽然总是迢迢万里、行路匆匆、奔波别离、劳顿困乏，但人生路天晴穹蓝，江长水远，途坦路阔。所以，诗人感恩这个时代，感恩这个社会，感恩来到身边的每一个人，愿意把每一个微笑传递与收藏，愿意把每一份关爱和关怀安放在最深的心海。

这一年，诗人又老一岁，皱纹和白发渐渐出现。

这一年，诗人的随笔终于被出版社以集子的形式献予读者。

这一年，诗人深深地热爱着大好时光和时代，修行不止。

此刻，一半流年，一半明天。

此刻，多想截下一段时光，刻下一段故事，写下一段回忆。写下关于季节的美好与景致，写下关于时光的刻意与随意，写下关于生命的思考与宁静。因为，这些都曾经牵绊着诗人的情愫，都曾经辗转在诗人的尘梦里。

这样的时刻，善感的诗人不会掩饰自己的不舍与深情，于是，思绪如风，自然纯粹，爱到极致，情到深浓。

一场即将到来的告别，走过，不再来。

冬日阳光，缓缓地把光阴送到别离的渡口。

长亭外，古道边，天之涯，地之角，哪里是光阴停靠的渡口？挥手往事，挥手昨日，挥手一起的瞬间，时光隔世，思愁遥远。

回首 2016 年的光阴，微波微澜，渐行渐近，渐息渐止，风影儿痕，终如洗。远去的光阴，在心里缱绻不尽。

别离时分，叹息抵达，时来花开，时去花落，一行文字，宁静成雅。在这时光即将遇合新光阴的时分，思绪如烟，心潮如漫，在冬日里升腾，在冬日里结束，在即将来到的春天里开始，也将在春天里散去。

此刻，一半流年，一半明天。

写些祝愿，赶上这美好的冬日阳光，赶紧地，带到未来。

在转眼即来的明天，在即将到来的清新日子里，我依然渴望年华在自己自由的笔尖，在自己简素的心里，在岁月里，静好、快乐。

陌上花开，缓缓归兮。不求人间繁华，不求世事绚丽，渴望自由地做自己，一如既往的简素与纯粹，渴望幸福与幸运，一如既往的静好与守候。

静好匆匆岁月，安宁驶来。

漫漫人生，初心不忘。

此刻，慢慢的，静静的。

一半流年，一半明天，岁月缓缓离去，时光渐渐到来……

2016 年 12 月 31 日晨
于广州

NI LAIDAO LE
WO DE SHIGUANG

你来到了我的

时光

第三编　老　城

老城记忆

Old city memory

有座

很老的城

曾在那里把你欢喜，把你记住

却不知，哪年哪夜，把你丢失

多少个丁香花开的季节

我踏着月色

青石板上落满了清冷的叹息

老城的古巷，已经长满苔蔓

帘帏落下，熄灭了岁月远去的烛光

…… ……

雨　巷

小巷
古老的小巷
在雨中
安宁地等待着清晨
等待远去的人
踏回
古老的巷

小巷
少了人群川流
街灯，在即将天明的空旷里，孤单地矗着
在淅淅沥沥的雨中
散着昏黄的光
照着
孤单的影

小巷
尘封了古老的时光
素衣的姑娘
没有从小巷的石街深处走来
也没有点燃窗前的烛光

少年
走遍小巷每个曾经走过的地方

小巷
丁香，在冬季里已枯萎
散了花香
岁月
关闭了所有的门与窗
开门的姑娘
你去往何方

小巷
千年前的时光痕迹在此静止
小巷的岁月
慢慢地老去
懵懂的少年，芬芳的姑娘
若相逢
是否还能驻足相望

小巷
下着小雨
小雨湿了小巷，湿了过往，湿了少年的衣裳
从瓦檐沟落到了小巷的青石板上
那滴答声
是小巷的言语
还是少年的惆怅

2016 年 12 月 25 日圣诞节
于广安

春 巷

小巷，昨夜春雨一宿
清晨，深街长了春芽
静宁的诗意，在布满苔藓的青石板上冒芽
时光
如这古巷
被千万双过客的脚
打磨得发亮
来来去去的过往
从未刻下过客的痕迹
只留下，小巷独自的声息

小巷
青砖、青瓦、青墙
隔着前世的幽静
木板门、格子窗、吊脚楼
开关之间
纳下了多少岁月时光
寄栖了多少来去人潮
石街、石桥、古城石门

厚重处

承载了多少岁月风流

多少岁月

多少季节

多少过往今朝

多少爱恨情仇

在这条已经老去百年、千年的小巷里

轻轻一步，便踏过了千年从前

轻轻一念，便穿越了万年沧桑

小巷

静了岁月

停了光阴

脱下鞋

用肌肤，来触摸这小巷千年的安宁

闭上眼

用灵魂，来感受这小巷隔世的干净

寻处，青藤别院

觅间，丁香木屋

聆听，山泉在石上的流动

谁人，踏入巷里

带来，一抹春风

小巷，又是一年花开的季节

无论，你在与不在

无论，你念与不念

小巷，就在这里

吹着风，淋着雨

在春风里来，在秋实里去

在夏月里思秋，在冬雪里怀春

数着星月，时光和岁月无声地轮转

小巷，从未改变

静静地

等着你

2017 年 4 月 20 日
于广安邻水

小巷，一道时光栖息的墙

小巷

很老的巷

说不清在哪个朝代修建

街道弯弯又长长

数不清的门

数不清的窗

关闭了多少过往

斑驳了多少渴望的目光

一把钥匙

就可打开小巷厚厚的墙

小巷的春光

透过雕花的轩窗

沐浴着丁香与丁香般的姑娘

姑娘与少年

手与手相牵

行走在错落有致的石板上

满地繁花

小巷，盛装不下青春

洒落满巷的芬芳

小巷的月光

映着荷塘

荷塘，开满莲花

姑娘与少年

心与心相恋

依偎在荷塘的石拱桥头

向着天空的星星

许下晶莹的心愿

流星在天上

心愿在心房

小巷的时光，温馨悠长

小巷的树叶

在秋雨中纷纷落下

姑娘与少年

流着眼泪写下了信笺

相约再见

有谁读懂了小巷一叶知秋的美丽与秋凉

不打伞的少年

在夜里拾起了冰凉的露珠

一滴在衣裳

一滴在眼眶

小巷的冬雪

如约来到小巷

淹没了小巷的足音与薄凉

淹没了小巷千年幽韵的模样

姑娘与少年

早已不遇

雪，停顿了小巷的时光

在小巷里自由地飞

飘进了帘窗与帷帐

那是心灵栖息的地方

小巷

很古老的巷

平仄诗韵的尘路，踏着几千年前的凉

淅沥的雨，滴在青瓦与石街

在小巷里流淌

泛起一层浅浅的涟漪

仿佛故人散落下的时光

裁剪一张

一双水眸哦

停在那布满苔蔓的墙

                                     2017 年 8 月 27 日

                                        于成都

烟雨杭州

今夜

你的名字

与杭州城

紧紧地依偎在一起

你的温婉

把去年冬天杭州城的那场大雪融化

于是，在夜里

淅淅沥沥地下起了雨，仿佛是

关于你

点点滴滴的故事

记得

那日

你着一身长长的、单薄的衣衫

风，撩起你的发丝

古巷里

飘荡着你的淡淡气息

好像一巷的忧郁

你，一人在雨里

你，独自在夜里

结着愁怨的姑娘

数着石板路上的雨滴

数着古巷寒凉的密织

有谁，等着你靠近

有谁，听懂你呼吸

满街淌水的青石板，是否印下你的足迹

雨水

把你的布鞋溅湿

雨滴

把你的衣衫淋湿

就这样

把你遇见，遇见在

杭州城古巷的千年石街

石街的深处

静静停着一座千年的古寺

据说，古巷里有很多偶遇

据说，古寺里有很多期许

偶遇的

是不是那一段时常在记忆里被牵起的

期许

那一眼

那一晚

两行脚印，并列出简单的欢喜

两个身影，并排出纯粹的亲昵

西湖，印着霏雨句

街灯，衬着烟雨诗

你有你，滴答的生命

他有他，缄默的心语

在夜里

雨，是彼此讲起的故事

那一晚

那一眼

牵绊了，岁月的多少日子

温暖了，多少寒冷的冬季

风起

吹来了窗外的雨丝

冷战了夜的心事

落在面颊的那一滴

是淌下的泪雨

荡起，西湖畔梅花那忧伤的气息

2018 年 2 月 10 日
于杭州 CZ3512 航班休息室

山城赋

秋

随着一场雨

凉了

葡萄，熟了，甜了

稻谷，金黄了田野

层层的梯田，飘着收获的香

撒下一粒

撒下一穗

留给天空成群的麻雀

远方

西边的天空

晚霞布满

一抹夕阳

穿过川东大地的巷

穿过川东山河的城

朝天门码头，悠长的船笛

把两江的河水

都溅起了凉

重庆

大巴山腹地的城

俯卧在两江宽广的怀抱

我用炽热的目光

阅读着，它在秋意中的安宁和沧桑

山叠水落

梦里笙歌

从远处江水漂来的轻舟

荡碎了城市斑斓的灯火

那石板坡哟

那十八梯哪

那江边，那半山的吊脚楼，那曾经的木格小窗

如同滚滚江水，远去了，不在了

两江口吹来的风

吹走了，一座城的故事

吹走了，一座城的记忆

吹来了，一座城的繁华

吹来了，故人重游不识江风的半个愁

当年

意气风发的少年

此刻

已是风华正茂的、新青春少年的父亲

当年

少年的父亲与少年就在石板坡上

看两江滔滔，听船笛声声

谈远方，谈天涯
也在，坡上吊楼栖息一晚

此刻
新少年和父亲
斟一杯，把一盏
酒酣了，风起了
就说此刻，不说过往
就谈快乐，不谈人生
不邀风，不邀月
煮酒只为青春
不话天涯

我醉了
他醉了
大美的山城，在秋意里仿佛也醉了
醉就醉吧
不要在热爱的城市里掩饰自己
有人在秋里想你
有人在秋里等你
想着，想着，城市的记忆就回来了
等着，等着，城市的故事就醉人了

乘着，这弯弯的月
乘着，这凉凉的风
听蝉鸣阵阵
听江水滔滔

听这座大城市午夜的呼吸

看城市灯火

在阑珊处，写下一首诗

皆为懂你

也送给我的孩子

2017 年 9 月 6 日
于重庆

大运河的心事

清晨

奔跑在大运河畔

千年历史的河风，拂着干净的心跳

聆听着世间最清脆的声响

阳光

透过叶子的缝隙

瀑布般

倾泻于微笑的面颊

铺洒成一行安静的诗

九月

天空已经静默

清澈而剔透

湛蓝成更深远的海洋

白云

温婉如婀娜少女

映掩着清纯的羞涩

轻轻地飘逸着

述说着细腻的过往

鼓楼

石拱桥

苏北院落

长长的弯弯的河水把她静静地环绕

优雅温婉的素衣少女

是来见证大运河历史古韵的吗

流动着的船舶

记载着历史与时代相逢的恢宏

从儿时便开始萌芽的心事

在大运河畔

静候着你

阳光带来了思念的温度

把你的圣洁忆起

河堤松林，渐起黄染，哦

大地已经秋意

大运河

流淌着一河的心事与秋愁

2016 年 9 月 22 日清晨
于徐州

乌镇记忆

乌镇，我曾来过。

今夜，我又在老巷里，依水而住。

在同样的夜里，同样的小街，我想起了你。

记忆像飘逸的羽翼，旋转划过眉梢，划过指尖，像月光，铺洒在古老的青石街道上，吻着夜，吻着小镇古老的岁月与时光。

记忆如风，踏着月色，飘然而至，穿越时光，慢慢向我靠近。

夜风潇潇

月色悠悠

街灯清冷如水

解不开的忧伤

心中漫起痛

昨日凡世的尘

在夜风里遗落，飘零着

化成一道思绪的痕

划伤了思绪，浅浅忧愁

宛如冷的月

宛如孤单的城

夜风

带走的痕迹

是那夜的记忆

记忆在夜风里浅唱，独自

彷徨

宛如孤独的月亮，流淌着

忧郁的月光

好想倾听你的声音

还好吗

今夜，想起你

…… ……

今夜乌镇，弯弯明月，安静细腻。

在这份静谧里，多想把往事和记忆摘下，和着此刻凌晨的孤单，让夜风一起带走，在初见的地点，归还记忆，或许是最好的方式。

乌镇，陈楼老巷，石桥垂柳，乌篷流水，戏曲小唱。

乌镇很小，与许多漂亮的古镇并无景致差异，或许是江南的隽秀，让乌镇更诗意一些，这里常年人潮如流。

记得初来时，恰逢晓春时节，烟雨霏霏，层层薄雾绕着古镇，笼着河上小桥和桥下乌篷船，我与众多游客一样，都不撑伞，想让江南的春雨淋湿自己，给自己一份江南灵气。小雨落在小街，落在小河，落在古巷的琉璃青瓦上，然后在屋檐瓦沟处滴落成长长的雨线。

雨中，常有穿着宋代蓝白花旗袍的女子，从小镇石巷里、从小石拱桥头、从乌篷船上走来，在人潮中，如一道隔世清晰的风景。

有的撑着油纸伞，有的只身雨中，小雨打湿了她们的衣裳和脸庞，她们纤瘦如风，如丁香一样，韵味悠长。

今夜，到乌镇晚了一点，但抑制不住脚步，一个人来到了古巷。

深夜的乌镇，小巷没有了人流，一个人走，更有一番独特情趣。慢慢地欣赏着乌镇的青砖琉璃、木窗雕栏，穿越岁月的古色漆香。偶有支开的木窗，点着昏黄的烛光，在月光下，在溪河风里，悠长了乌镇的夜，悠长了夜的影。

说不清是喜欢乌镇，还是喜欢乌镇的安宁。

寒树烟中，乌戌六朝旧地；夕阳帆处，吴兴几点远山。小小乌镇，岁月舒缓，思绪悠长，时光诗意，情愫古朴。可以遐想，穿越时空；可以品茗，调整心绪；可以独处，细读江南。

那夜，小雨，溪河边。

一人，一茶，古槐下。

茶香沁溢，溪河粼粼，乌篷归来，夜静人栖。

小镇的街灯暗了，木窗的烛光熄了，酒吧的吟唱轻了，小雨淅淅沥沥，朦胧了小镇身影，那刻的乌镇，悠然安宁。

安宁中，我听见轻响的脚步，那脚步声，好像是期盼已久，眷恋已久。那脚步声，叩响乌镇的夜，叩响我的心海，渐起微澜。

长长的蓝白花，倩倩的影，飘飘的发，秀秀的眉，从我目光的远端，慢慢地抵达我的身旁，抵达我的目光深处，娉婷的身姿，嫣然的笑容，从我身边经过。

我呼吸着那份远古的暗香。

那暗香，让我穿越乌镇的味道。

我的心，浸着小镇的温柔。

那一夜，我，只是偶尔深情地多看了她一眼。

那一夜，她，只是不经意回眸朝我嫣然一笑。

从此，那穿着蓝白花旗袍的乌镇姑娘，就成了一首诗、一幅画、一段记忆，如梦、如影，住进了我的心海。

那一瞬间，是那样难以忘怀，挑人心扉。她的身影是那样迷人，拨动心思，完整地定格在记忆里，定格了懵懂，定格了情愫，定格了对乌镇不忘的情怀。

那一瞬间，开启了一段与爱无关的牵绊，这种牵绊更多的是丰富了我的想象，却关联了我的情愫。在此后的时光里，让我刻骨铭心，又让我心力交瘁；让我遥不可及，却又若隐若现；让我错综复杂，却又清新清晰。

那一夜，那一影。

我想象，我寻觅。

擦肩而过，浅首回眸，就这样若有若无地萍水相逢，然后是长长地、若有若无地驻守在心海里。

那一瞬间，古韵流芳。

乌镇姑娘，在雨中，在夜风里，你抬手拨弄发梢，你的回首，你的浅笑，你的芳香，你远去的方向，带走了少年的目光。

那一瞬间的深刻，或许是因为乌镇那刻的雨，也或许是因为那刻的夜太深。

小雨，让那刻的乌镇有些清冷；深夜，让乌镇的古巷仿佛只有你与我。那份安静，让我可以听到所有细小的声音，记住所有过往的身影。

或许，诗人可以把那一瞬间当成萍聚，用诗意来注解。

于是，那一瞬间，便成为我生命中的一个念想，时常牵绊着我。

这个念想，只为那蓝白花的旗袍、素色的衣裳、只为古韵的芳华与淡淡的香。

诗人的这番情衷，只因那轻轻的脚步，叩响了诗人蕴藏已久的诗行。

多少年后的今夜
乌镇，诗人又来到你的古巷
不为别的
只为归还你的回眸与芬芳

月光，笼上古巷
夜风，吹长忧伤
少年时邂逅的乌镇姑娘
你搁浅在诗人的心房

2016 年 8 月 9 日
于浙江乌镇

古城开封，挂着一轮月

开封，位于中原。

几千年，一直在，我却一直未曾到来。

这些年，很多次从北到南，从南到北，却好像故意绕着一般，从未选择穿越和踏上这片厚重的土地。

难道，是对历史的敬畏？

难道，是对文明的敬仰？

2017 年 12 月 2 日，我终于走进了开封，踏上了这片土地。

夜已丑时，可我，在这开封的城池里失了眠，或许是因为透过窗洒落的那一房月光。

起身，靠近窗，窗外一轮满月。

着一件长衣，走出房间，一阵中原的风呼呼扑来，冰凉得寒战。

一个人，走在酒店的林间与湖边，中原的冬夜好安静。明亮的月光，照得大地一片皎洁，静静的湖水，映着月，水幽幽，夜悠悠。

一片树叶，就是一场夜，就是一片诗意的天。

一潭湖水，就是一轮月，就是一潭陶醉的梦。

开封若梦。

这场梦，悠长历史，一朝入画卷，一梦回千年。

这场梦，英雄情怀，杨门俱忠良，丹心永赤热。

这场梦，风花雪月，风暖游人醉，汴州也苏杭。

这场梦，烂漫岁月，天风吹中州，光阴复春秋。

缓慢行进，不经意一望，就定住了眼睛。视线抵达的地方，满是低矮错落的岁月建筑，在月下，它们清瘦高冷，彰显岁月沉淀下的情怀，散发着沧桑与厚重的意境。

这份情怀与意境，随风、随夜、随月，入心境。

一潭湖水一潭春秋，八朝古都的兴衰与千秋的文明，倒映着历史的印记与传承。

心，被千年的亘古震撼。

风起，好冷。

但我不敢在不朽的城市里蜷缩身体，怕被城市的先辈所嘲笑。

开封，一马平川，疆域辽阔，无数英雄勇士曾在此逐鹿。

不要用狭隘的视觉和情怀，来描写这片大地的豪迈与沧桑，需要极尽思想之自由、情怀之狂野，用开阔的胸怀，来尽情遐想这片大地的凛凛风姿。

风起，好冷。

眼角，冷得潮湿，心，却更加倔强。

湖面，涟涟浪，粼粼光，仿佛聚集了城市几千年来所有过客的眼睛，深邃而智慧。每双眼睛，都是过往，都是岁月，如累累书卷，慢慢打开，那湖面荡漾的声音，仿佛是历史的深情朗读。

开封，我用诗人的眼睛来阅读你。

你是那样沧桑而悲壮，你是那样顽强与倔强，你是那样风流与不朽。

不知，我是否读懂。

月满满，风习习。

一个人，一条街；一轮月，一座城。

听说，墙外还有很多墙，城下还有很多城。此刻脚下的街道，据说埋葬了无数浩瀚的风流和历史，隐藏着无数不解的战争与惨烈。

历史如画，岁月如卷，曾几何时，帝都开封，八荒争凑，万国咸通，车水马龙，弦乐遥杳，水岸楼阁，烟柳画桥，细腻而繁华，风情而风华。可，今夜的开封城，静无声，霓虹灯替代了远古的烟火，街灯替代了烽火台的喧闹。

静得听到城市的呼吸，静得听到岁月的脚步。

就这样品味着隔世的时光，听着不曾驻足的潺潺时光，历史与文明、岁月与现实交融的光影，在月夜里缓缓流淌，浅浅行走。

是否有人，知道这座城此刻在想什么？

是否有人，在此刻深深地想着这座城？

皓月静湖，城在眼前。

银光淡淡，思绪万千。

这样的季节，风起的街道，漫天的落叶，铺满遍地的枯黄，如果不是欢喜，思绪早已冻结。

开封，在冬季的夜里，敌不过月的冰凉，失去了温度，寂寞萧索。

而我，在冰凉的夜里，思绪不堪孤独，满城地寻你，却已不见你的踪迹。

在你的城池里，一直往前，不敢回头，身后只有一道被月光拉长的身影，踢踏的脚步，是否惊扰了你的梦，哪怕脚步已足够轻。

在千年的城池，我不敢造次，不敢狂念。

轻，是一份敬重。

轻，是一份礼赞。

月满满，其光溶溶，夜如海，以敬仰的情怀、想象的笔尖写下的这段文字，是诗人与你深刻的交流。

开封——

你在我的窗外，你在我的书桌前。

你在你的夜里，你在你的月光中。

如此安然。

如此安详。

到底是怎样的力量……

突然，深深觉得余秋雨先生的《五城记·开封》，味道至妙。

它背靠一条黄河，脚踏一个宋代，像一位已不显赫的贵族，眉眼间仍然器宇非凡。

省会在郑州，它不是。这是它的幸运。曾经沧海难为水，老态龙钟的旧国都，把忙忙颠颠的现代差事，洒脱地交付给邻居……

开封，你是厌倦了帝都的喧闹与繁华吗？

在余秋雨先生的眼里，你很是聪明与洒脱，躲在一边，享受岁月清闲。不知道，余秋雨先生是否读懂了你。

月满满，其光漫漫。

开封，我认真地看着你，看着你深夜两点的容颜……

2017 年 12 月 4 日
于开封开元大酒店

小镇姑娘

周日，窗外，呼呼大风，树木在电闪雷鸣中摇曳，不一会儿，大地弥漫起一层雨雾，模糊了远山。

诗人，独自在房间，读着《雨巷》。

撑着油纸伞，独自
彷徨在悠长，悠长
又寂寥的雨巷
我希望逢着
一个丁香一样地
结着愁怨的姑娘……

读着诗，思绪泛起涟漪，南方的小镇古巷，美如画，穿越时光，一张张涌进眼眶，记忆与往昔，如窗外大雨，滚滚而来。

古镇，小巷。

岁月，时光。

少年，姑娘。

诗人，丁香……

东北的雨，没有诗意，也极少有文人墨客细致地对北方的雨抒情。

东北，没有木楼青瓦的古镇老巷，于是，就没有了雨落瓦沟的长长雨线，没有了雨打屋檐的滴答细语。这里，没有江南细雨的古朴与清纯、安宁与哀愁。粗犷酣畅的大雨，少了品味与禅悟。

素净的《雨巷》，让生活在东北多年的我尤其怀念南国，怀念家乡小镇，怀念烟雨诗巷。苔藓古巷，青色古瓦，木屋阁楼，溪流潺潺，炊烟袅袅，行走在小镇古巷，就像翻阅着抒情婉转的诗篇，每走一步，就仿佛翻阅了一篇，每走一步，就仿佛阅读了一首诗。

小镇尘封了一段岁月，尘封了一个关于少年与姑娘的故事。

此刻，岁月中的故事，慢慢抵达我的心路，故事或许与我无关，但如开启一瓶老酒，酒香沉醉了我所有的思绪。

我的家乡，在一座大山脚下，是一个很小的古镇。

小镇因为靠近大山，时常下雨。小镇很偏僻，极少外来人，小镇上的人们年复一年地过着自己的日子，幸福安详，宁静闲适。

离开小镇很多年，小镇于我，是一段关于青春的记忆，如清泉一般，晶莹清澈；小镇于我，也是一曲情怀和乡愁，如梦一般，情深朦胧。

小镇不大，几十户人家，一条小河围绕着它，哪怕闭上眼睛，也能走完小镇的那条弯街，一路听着每个店铺的叫卖，感受每扇木窗烛光的余温。听老人们说，这个小镇已经有几百年的历史，是湖广填川时修建的。

小镇上的人特别爱种丁香花，整个河边、每个院落、每户人家都种着，每到丁香盛开的季节，小镇便美极了，清香极了。

那时，少年与姑娘，就在这古镇的木屋里出生、成长。

那时，少年与姑娘，就在这古镇的街巷里嬉戏、生活。

那时，少年与姑娘，就在这古镇的学堂里学习、成长。

那时，少年与姑娘，就在这古镇的世界里懵懂、萌动。

…… ……

小镇，记录了少年与姑娘美妙清纯的时光。

每年四月，是小镇的雨季。丁香花开满小镇，紫色的、白色的、粉红色的……微风吹来，小镇古巷幽香袅袅，清新悠长，蝴蝶纷飞，蜜蜂浸甜，那份景致，和谐美妙，把小镇装点得如世外桃源，如童话一般。

小镇在烟雨中，温润朦胧，格外温柔，充满诗情画意，小雨纷飞，芬芳的丁香花仿佛一个个美丽的天使。

雨水密织时，把小镇的时光和诗意串成线，从木楼屋的瓦沟沿边落下，静静讲述着它的故事。每当那时，就会有一个姑娘，穿着粉红裙装，撑着粉红雨伞，胸前系着一枚丁香花，从雨巷里走来，无声地走着。雨滴落在伞上，姑娘单薄的背影，显得凄楚动人。

小镇的老人们讲，姑娘是在等待远行的少年，她怀揣着少年泛黄的信笺，日复一日，年复一年。

姑娘记得，那是一个丁香花开的雨季，雨水霏霏，细细密密，孕育着丁香花，孕育着小镇的情怀，也孕育了懵懂的少年。

少年的心在丁香花开的雨季里萌动了，他把他的诗语与一朵粉红的丁香花装进了一枚粉红的信封。

那天，那夜，在小河边，在榕树下，小雨打湿了少年的衣裳与头发，打湿了少年的眼睛与脸庞，少年把潮湿的信笺和丁香花送给了姑娘。

姑娘的心房，在雨中敞开了。

姑娘的眼眶，在雨中潮湿了。

从那以后，小小少年远行异乡。

从那以后，芬芳的姑娘独自守候。

独自在小镇的木楼里守候，独自在小镇的雨里行走，独自在丁香的花季里回忆。

此刻，窗外，骤雨倾盆，仿佛满天倾泻的情感。

不知，此刻，小镇的丁香花是否如约盛开，小镇的雨季是否如约而至。

其实，这份担忧是多余的，只是深情思愁的表达，所有的挂牵都会在小镇里如约而至。而小镇依然会古色静谧，悠长芬芳。

很多年过去了，一批又一批的小镇少年也已经远行。慢慢地，曾经繁华的小镇在这个时代突然沧桑了，雨季的小镇，尤其萧索。

那枚粉红的丁香花，在粉红的信封里，早已失去了芳香。那张潮湿的信笺，早已泛黄。那青春的姑娘，早已长发及腰。

姑娘依然常在雨季里、在小镇里，一个人孤单地行走，但早已不再撑伞。

蒙蒙的雨，长长的湿发，看不清姑娘是否还系着丁香花。弱小的身影，如同失去人气的小镇，也如同再也没有少年们采摘的丁香花，那样寂寥孤零。

少年离去那刻的蒙蒙细雨、那刻的丁香花、那刻的心跳，这些年，在姑娘的心里，不知多少次被重复想起，如放映无数场次的电影，已经没有观众，只有姑娘独自一人，一场又一场，一次又一次。

姑娘，在雨季里结着惆怅。

姑娘，在小镇里滋生彷徨。

面颊渐渐湿润模糊，不知是雨水还是泪水，是否苦涩，是否疼痛，不管不顾地流淌……

少年，也曾回过小镇。

但是，错过了小镇的雨季和丁香花期。少年走在小镇老街里，丁香花般的姑娘已经不见。

小镇的人们说，姑娘等了少年30年，头发都等白了，姑娘已经离开小镇了，不是去找他，去了哪里，无人知晓。

只说，有天晚上，雨特别大，有人看见姑娘独自一人，在雨中，在小镇河边的榕树下，自言自语：不是说要回来吗？不是说让我等你呀？不是说要回来接我吗……

小镇依然布满苔藓，石街青瓦，还是那样静谧和亲切，只是多了一些孤单和哀愁。姑娘的院门，闭着；小木屋的窗，闭着。窗台花篮，空空地挂着。

少年，在小镇外河溪边的榕树下，坐了一晚。

小镇
依稀往日的模样，可是
没有了丁香花期
没有了雨季
没有了姑娘

那低矮的木楼
窗前没有烛光
也没有守着烛光的脸庞
梳妆台上，放着
粉红的信封
泛黄的丁香与信笺

2014 年 4 月 17 日
于沈阳

三月的你，若隐若现

三月临幸这小城，

春的饰物堆缀着……

悠悠的流水如带：

在石桥下打着结子的，而且

牢系着那旧城楼的倒影的，

三月的绿色如流水……

三月的最后一个周末，心境闲适下来，一个人待在书房，看着窗外的小雨，看着城市的远方，读着郑愁予 63 年前写下的诗。

沏上一杯好友刚捎来的家乡清明茶，一把竹椅，一滴春水，一枝春芽，一丝淡雅，一杯乡情。

时间安宁，思绪缓缓，目光飞向心灵向往的地方。

今年三月，广州雨水断断续续，从未间断，太阳躲起来了，或许出了远门，或在恋爱的旅途中，忘了归途，忘了广州城。

但我很是喜欢雨，尤其是这南国的春雨，静怡、亲昵、悠长，好像春梦，烟雨朦胧，思绪懵懂。

此刻，幸福与阳光或是雨滴都不关联，只与心境有关，与这一份闲适有关。

雨，落得如此温婉，这不是心语吗？

雨，落得如此细腻，这不是诗语吗？

雨，细致得如诗如语，自由霏霏，像一场美丽的情话，在最美的季节里悠长，潺潺的声响，仿佛惦记已久的问候，也仿佛牵绊已久的眷恋。

春风携着雨丝，拂帘入窗，抚着面颊，掠起茶香，香入心扉，清新淡雅，温柔浅润，质朴地抵达我的心路。

眼睛泛起了光泽，心海荡起了涟漪。

听着窗外的雨。

听见了雨在花丛中的嬉戏，听见了雨对花瓣的表白。听见了花在雨滴中的绽放，听见了花对雨滴的哀愁。

花心瓣瓣，为他开放，瓣瓣花心，为他凋落，落在他的怀抱里，落在他流淌的泪水里。那淅淅沥沥的雨，是否缠绵的哭泣；那沙沙啦啦的声音，是否绝恋的拥抱？

这样的景致时分，难免有些善感，心路不知不觉地渐渐忧愁。

生命中至亲至纯的爱恋情愁、缘分邂逅，在这漫长的雨季里，触动着我的思绪。

只是，我在雨里这端，你在雨的远方。

伫立，窗前，静思，远方。

窗外的风，慢慢晃动我的情愁；窗外的雨，慢慢朦胧我的眼睛，滴疼我的心房。

三月的风，是否捎来了伊人的信笺？

信笺，是否写满了绵长而温婉的话语？是否写了几十年？是否写了几十个有雨做伴的夜晚？是否写下了这个雨季的思念，还有寂寥日子的孤单？

　　亲爱的，信笺是否一直没有写完？是否一直没有寄出？我在这个春天里，已经等了一个雨季，我的想念已经斑驳。

　　此刻，窗外这雨滴声，是否你呢喃的言语？

一场春雨
亲临今年的三月
也亲临这座叫广州的城
雨一直不断
悠悠的，流水如带
窗外
仿佛一场爱恋

雨滴
是打着想念的结子
系着你的身影
你
如三月的雨
在雨中
若隐若现

2017 年 3 月 25 日
于广州

NI LAIDAO LE
WO DE SHIGUANG

你来到了我的时光

第四编　乡　愁

悠悠乡愁

Leisurely homesickness

一张车票

是乡愁孤独的旅途

一个电话

是乡愁温暖的牵绊

一轮异乡城市的弯弯月

挂在遥远的天边，也挂在心间与眼眶

一行泪水

是无声的乡愁呐喊

独自，幽怨

…… ……

爸爸与女儿的远方

某天

一个简单的日子

一个孩子，向我讲起了她的故事

她说

她很想念，她的爸爸

她很想念，有爸爸的家

她很怀念，有爸爸的时光

那时候，爸爸为她

买最可爱的玩具

买漂亮的花裙子

那时候，她觉得

爸爸是她的天和地

爸爸是她最珍贵的、大大的玩具

孩子说

每天清晨

爸爸为她整理小书包，系红领巾

然后，送她到小镇外，送她到那座河上的小桥

看着她的背影在晨风里远去

每天傍晚

爸爸会在小桥上

口袋里装满了好吃的零食

等着女儿在夕阳里，蹦蹦跳跳地归来

孩子说

每天夜里

爸爸会在昏黄的灯光下

拿着一份《红领巾报》或一本《儿童文学》

为她讲最动听的故事

爸爸用一支精致的英雄牌钢笔

一笔一画地教她写字

然后，在很深的夜里

爸爸伏案写作

女儿，也曾经拿着一本

刊载有爸爸文章的《少年文艺》

在教室高高的讲台上

向同学们深情地朗读

女儿幸福无比

孩子说

她最喜欢爸爸牵着她的手走

爸爸的手好大

好像一个大大的家

爸爸用两只手

托起女儿，抛向天空

然后稳稳地接住

女儿在爸爸的怀里幸福地撒娇

爸爸的胸膛好温暖好宽广

爸爸用温暖的手
轻轻地抚摸着女儿的头
慈祥地微笑

孩子说
她最喜欢爸爸的后背
爸爸的后背好挺拔
女儿懒了
就要爸爸背着自己
在爸爸的背上
一会儿就睡着

孩子说
最喜欢骑在爸爸的肩头
双手紧紧地抱着爸爸的额头
爸爸欢快地跑
女儿欢快地笑
爸爸问女儿，看得见远方吗
爸爸说，远方有很美的天堂
女儿说
看见了远方的山
看见了远方的天空
可是，没有看见美丽的天堂

孩子说
可是
那年四月
那天

天空灰暗

下着朦胧的细雨

天空湿漉漉的，心都潮湿了

爸爸牵着女儿的手

把她送到了熟悉的小桥头

蹲下身子

为她系好了红领巾

深深地吻了她的额头

看着女儿快乐地上学去

孩子说

可是

那年四月

那天傍晚

没有夕阳，没有晚霞

桥头上

没有爸爸的身影

女儿在桥上深深地哭

孩子说

从来不曾想到

从来也没有想过

那一面是与爸爸的最后一面

那一面，女儿（爸爸）的泪水成河

爸爸在河里

乘着一叶舟

匆匆地划出了他（她）的一生

那一面

匆匆地，没有备份

匆匆地，在女儿小小的心上只留下

深深的疼痛和模糊的记忆

这份记忆

多少年，多少天

孩子都努力地回放，害怕忘记

可是，每当回放起

都是刻骨铭心的疼痛

孩子说

不知道深深爱着女儿的爸爸去了哪里

孩子说

不知道女儿深深爱着的爸爸去了何方

只知道

爸爸去了大山外的天边

爸爸去了比远方更远的地方

去了爸爸说的

远方的美丽的天堂

小小的孩子

孤单的女儿

每天坐在小镇外，河上的那座小桥上

守着太阳升起

守着夕阳落下

守得星星满空

守得月儿弯弯

守到长发及腰

守到眼睛看不到远方

女儿每天静静地凝望着苍天和大地

守候着往昔和记忆

可是她

不知道哪条路可以把爸爸找到

不知道哪条河可以流向爸爸的天堂

多么渴望

头顶飘过的白云

窗外掠过的小鸟

身边拂来的轻风

天空皎洁的月光

夜深人静时，那含泪的露珠

就是爸爸

就是爸爸来看她了

就是爸爸听见了女儿对他深深的想念

无论何时

无论何方

世间所有能牵绊起记忆的

哪怕是一颗尘埃

都渴望是他

孩子

思念，早已成疾……

2017 年 6 月 22 日
于广州白云机场

117

我的眼泪，溃了堤

高铁
如一道时光的侠客
在蓝天下自由飞翔

窗外
阳光，穿上一层薄衣，褪去了激情的色彩
添着一份寒凉

季节
就这样携着时光，穿越空间
讲述着光阴的故事

心境
如此刻的光影，薄的、透的、淡的
泛着安宁和惬意

电话
突然响起，声音断断续续
那一头的声音，很低，很低

但我

依然听得，很清晰

一个至亲至爱的人，从我的世界里，离去了

他是

我的舅舅，也就是岳母的三哥

三天前，他还到我家，为我送来一筐自己家种的梨

他说

着急出门，没先与你们打电话

所以，在我家小区的门口，等了一会儿

他说

知道你回来了

也知道你喜欢吃家乡的梨

他说

但季节还没到，还不是那么甜

先吃着，熟了后，再摘些来

他说

楼层有点高，年纪也大了

爬几层楼，都有一些喘气

于是

我看见了，他额上的皱纹和汗滴

是那样深刻和清晰

于是

我静静地端详着，这个慈祥而朴素的亲人

心里，泛起了，层层的歉意和深深的感激

他说

都是不值钱的东西，都是自己家地里种的

过几年，拆迁了，我想送都没得（川音 mo dei）

舅舅

我是二十三年前，认识的你

那时，你还年轻，经常还讲你几姊妹儿时的故事

舅舅

我第一份创业，你还取来定期存款借给我

并说了鼓励的话语

舅舅

这些年，每年我都到你家

超过了我回故乡的次数

舅舅

我喜欢你做的豆腐，还有爽口的凉拌鸡

我喜欢你在灶台上，递一份让我品尝味道的真挚

可是

你就这样安详地离去

一个人，在夜里

可是

你就这样安详地离去

一个人，坐在那把已经陪你几十年的竹椅上

可是

你就这样安详地离去

那杯茶，一动不动，摆在你身边的小桌上

可是

你就这样安详地离去

电视机的声音，一直响着，陪你走过最后一程

可是

你就这样安详地离去

家人不在，可你的面容，是那样安宁

可是

你就这样安详地离去

家中的小黄狗，守着你的躯体，几天几夜

此刻

电话响起，如幽灵，穿透这列空荡荡的高铁车厢

我的眼泪，溃了提

无法

原谅自己，不能来送送你，说声对不起

从此，你的笑容，你的声音，都定格成了记忆

望着
窗外那湛蓝的天空
舅舅，你在那里，是否安好，是否习惯

家中
冰箱里，整齐摆放着你送的梨
我将怎么处理

舅舅
我是守着，还是慢慢吃，可我，怎么敢吃
看着它，一天一天变坏，消融成泥

然后
捧在手心
我的泪水，泻干了底

2017 年 9 月 19 日
于成都
（谨以此文祭我与爱人的一位至亲老人）

走着，走着

走了好久

走了好远

时间好像不是自己的

从来没有听过自己的安排

时间好像不是自己的

从来没有深深地爱过一次

深夜里

离人问自己

从哪里来，要到哪里

你在哪里，与我相遇

问自己

突然不认识这个世界，也不认识自己

离人的心呀

听着世界的孤单话语

此刻，早该归途

如果没有停顿，如果依然匆忙

我可能还会忘记，情绪还会好些

可是，此刻

世界如此安静

月牙呀，你的弯弯，陪伴着离人泛起长长的乡愁

这些日子，老是做梦

梦里，我已经不能把你认识

醒来

一个人，在夜里，我不停哭泣

或许

你也不能把我认识，甚至把我想起

可我们

原本那么相爱，那么熟悉，形影不离

可是，走着走着，很多友谊就散了

可是，走着走着，很多心情就淡了

亲爱的，谢谢你

电话里，你邀约，看能否在春节里聚聚

这是世间最美的情谊

电话这头

离人眼眶已经湿润

我，不知道是用了什么样的不得已和勇气

告诉你，下一次

挂断电话，我深深地责怪自己

在电话那头

我向你的哽咽说声对不起

离人知道

有很多笑容，走着走着，就苍老了

有很多记忆，走着走着，就荒芜了
有很多岁月，走着走着，就疼痛了
离人，在夜里写下一段文字

世间所有的情愫都是记忆的牵绊
光阴似水，待你如初
你若安好，便是晴天
与你相遇
我是那样爱你

2017 年 1 月 22 日
于广州

春节，一曲不敢回望的乡愁

春节早晨。

小公鸡已在院里打鸣好多次，阳光也穿进房来，屋外已传来叽叽喳喳熟悉的乡村嬉笑声。

可我，还懒躺在床上，爱人还甜睡着，孩子还在梦中。两个弟弟昨夜航班晚点，还在呼呼大睡。

已经二十年，我没在这片土地上，在大山环绕的沟里，在潺潺的溪水边，在层层梯田的垄上，在乡村砖瓦房里，过着这般亲切、传统、踏实的春节。

二十年前，那时爸妈还很年轻，几个调皮的孩子为他们在县城里置了一套房。于是，爸妈卖掉了老家那几间小木楼，搬到了城里。

记得离开时，乡里乡亲都来送行，都说舍不得。

爸妈总是唠叨着说：我们也舍不得走，但我们老了，不能做主了，孩子们叫我们到哪里，我们就到哪里。

那一刻，几个孩子以为爸妈是因为幸福而谦卑。几个孩子都很高兴，以为那是给老人的荣光，是对爸妈的一种报答。

于是，一家人，就远离了家乡这片土地。

于是，一家人，从此就过上了城市里的春节。

幸好，可爱的老人厌倦了城里，说：我们想回农村。

幸好，可爱的老人眷恋着家乡，说：还是家乡温暖。

幸好，可爱的老人真诚地表达，说：孩子，我们想回老家。

才有此刻，我如此踏实的温暖；才有此刻，我如此闲适的幸福。

懒懒地躺在床上，温润的阳光倾泻下来。诗人曾说，家乡是我情感里最美的风景，是我心灵睡躺的地方。翻着枕边的席慕蓉诗集，轻轻读着小诗《乡愁》：

故乡的歌是一支清远的笛

总在有月亮的晚上响起

故乡的面貌却是一种模糊的怅惘

仿佛雾里的挥手别离

离别后

乡愁是一棵没有年轮的树

永不老去

席慕蓉的乡愁模糊怅惘，直到耄耋之年她依然漂泊异乡，心中对故乡的愁绪和怀恋虽然永不老去，却渐渐遥远，记不清模样。

此刻的我，相比之下，多么踏实、温暖、幸福。

多年的异乡生活，让我深恋家乡。

千里迢迢、迫不及待的春节归途，就是这份依恋最直白的表达。

怀乡，是我一生中最美和最踏实的情怀，虽然我已经离开家乡二十八年，家乡已为故乡；虽然我已经在成都、沈阳、广州有了新的家，但爸妈在，子不远游，哪怕知道老人身体健康，也有他们的二儿子常在身边，但骨子里，我还是把这片土地在自己的心上烙下了一个不变的名字——家乡。

很多时候，它会泛上我的心坎，把我的眼睛湿润。

我渴望，用家乡泥土的气息、泉水的甘甜、乡音的淳朴，来丰盈我的生命与思想。我更渴望，在生命尽头，把最后一首诗停泊在家乡。

所以，这些年，家乡于我，总是一份感动，时常涌上心头。

所以，这些年，我的乡音，总是那样难改，因为从未想变。

虽然常年在外，但那是不得已，我不想让外面的世界侵蚀情愫，风化乡音。这份坚守，就是我对家乡最执着的挂牵与爱恋。

随着时代的变迁与年龄的增长，春节与佳肴无关，与玩耍无关，与热闹无关，只想尝一口家乡的味道，只想把时间还给家人，只想把心灵还给宁静。

我家从小就是新派家庭，过年过节没有太多的礼数。

二弟，在家乡工作，自然就成了家中的主人，主人这个职务是我与小弟弟封的，于是，除夕饭，就归二弟来负责操办，我们就负责味道点评。

川东除夕饭，很简单，不吃饺子，有鱼有肉即可，当然，必须得有我和弟弟亲自点单的豆腐花。一串鞭炮声后，家人围着八仙桌，用写着毛主席语录的陶瓷盅杯，喝着家乡酒，除夕晚宴就开始了。

我说：爸，你过去在重庆跑买卖时，不是买了几套夜光杯吗？

老爸说：那玩意，早都不知道哪里去了。

二弟说：那个时候，老爸"洋盘"（四川方言，意为洋气）得很，每次喝酒都拿出来洋盘。

老爸说：那家伙有什么值得"洋盘"的？

小弟说：老爸，夜光杯能看见美女，是不是？

儿子问：爷爷，什么夜光杯哟，还能装得下美女，多大的杯子哟？

妈妈摸着小儿子的头，说：乖孩子，你爸他们喝多了，瞎说的，别听他们的。然后转头对我们几个说：你们几个没大没小的，你们舅舅都在这里哈……

舅舅说：那都是啥年代的事了，你们还记得起。

于是，一家人，笑开来。

正月初一，家乡的习俗是吃汤圆。

川东的汤圆特别大，有的人家，一个汤圆就能盛满一碗。

煮汤圆由妈妈亲自操持，这是妈妈最拿手的一道美食。她做的汤圆特别精致，不会很大。妈妈年轻时，清秀高挑，俊俏漂亮，能歌善舞，是乡里有名的文艺女青年。

妈妈说：那种汤圆，不好看。

老爸说：不好看，但耐吃，吃一个就能吃饱。

妈妈说：你喜欢吃，我等会专煮几个大的给你。

老爸说：不过，还是我们家这种小汤圆吃着安逸。

小弟说：老爸，献殷勤不是这样献的哈……

老爸说：你滚一边去……

然后，小弟弟端着一碗汤圆，滚到旁边去了，高吼道：大哥大嫂，二哥二嫂，汤圆好了，下楼吃哟！然后，一家人吃着汤圆，笑开来。

妈妈的汤圆，是用最好的糯米在冬天里磨浆滴水而成，专为春节准备。妈妈揉汤圆的姿势特别优美，汤圆揉得特别圆。她在春节前专门酿制了醪糟，也是为做汤圆而储备。

一碗圆圆的汤圆，一碗甜甜的家乡味道；

一碗甜甜的汤圆，一碗永不忘怀的幸福。

正月初二，家乡的习俗是吃面条。

煮面条，就不是妈妈的特长了，而我的爸爸，从我有记忆以来，就只是个生意人，从来就没在厨房干过活。这个不艰巨的任务，在老二与老三的比画下，又落到了二弟弟的头上。

二弟是不辱使命的，正月初一就捯饬了一晚。

我说：二弟，下个面条就这么大的阵仗，我们明天是不是要排个阵形来吃哟？

妈妈说：老大，你啥子都不弄，还说风凉话。

我说：妈，我是师父，老二煮面条的技术都是我教的。

二弟说：大哥煮饭已经是江湖传说了，就小的时候倒腾过。

小儿子说：二爸三爸，听说，有一次你们中午放学回来，爸爸煮面条，面条不够，爸爸就使劲放菜叶，还是不够，爸爸就说"在锅多焖一会儿"，然后就能每碗盛满，是不是哟？

小弟说：帅哥，这事嘛，你问你爸爸，他最清楚，你老爸煮面条的水平天下第一哟，牛得很哈。

然后，一家人，初一的晚上，在客厅里，笑开来。

初二一早，二弟就吆喝：大哥大嫂，三弟，赶快起来，面条这家伙，不像别的，不能等哟，煮好就得吃哟。

小弟说：哎呀，吃个面条，把人整得觉都没有睡好。

老爸说：都上午 10 点多了，还没有睡好，是不是早上中午并到一起吃哟？

小弟说：老爸，我好不容易回老家一次，你就这样抠一顿饭对待我呀？

二弟煮的面条，真不错。家乡雪白的手工空心面，嫩嫩的豌豆尖，老鸭带皮汤，很是诱人，令人食欲大增。二弟用传统的木炭暗火炖老鸭子，鸭肉软软的，飘荡着浓浓的香；海带嫩极了，一夹就破，面条滑滑的，哧溜地从嘴滑到胃里，温润的感觉，美妙至极。

爱人说：二弟，你这手艺真不错，非常"巴适"（四川方言，意为地道），点个赞。

二弟媳妇说：光点赞不行，得发个红包。

爱人说：好的，这个手艺，值得红包表扬，老公，赶快发起。

我说：怎么搞到我头上了哦？二弟这个技术都是我教的，他应该给谢师费。

我说：新年好，大哥给每个人发个红包。

于是，我给每人发了一个红包，祝我的亲人身体健康、顺顺利利。

正月初三，是缕缕乡愁。

我又得带上爱人与孩子离开家乡，远行到异乡城市。

我至爱的爸爸不舍地说：老大，路上慢点，注意安全，在外不要担心我们。

妈妈对着爱人说：静，你们一定要好好地照顾自己。

妈妈对着孩子说：乖乖儿，学校放假，你就到奶奶这里来，好好读书，要听爸爸妈妈的话。

老爸说：好男儿志在四方，不过你们年纪也不小了，好好照顾自己，不要太拼，凡事自然而行。

老爸说：静，回去向你爸妈问好，我也上年纪了，想去看他们，但力不从心了。

妈妈说：把这些花生、香肠、腊肉、米花糖……带回去。

然后，汽车尾箱被塞得满满的，那是母亲的温暖。母亲拿出几双精美的绣花鞋垫和绣花鞋，一双给我，一双给她儿媳妇，一双给她乖乖孙儿，那是母亲一针一线的细致和体贴。

这份体贴与温暖，就是乡愁，在春节里升腾，在岁月里融化。

这份体贴与温暖，就是乡愁，就是一棵老树，在家乡里守望，在岁月里割舍。

弟弟，挥着手。

舅舅，挥着手。

老爸，挥着手。

车启动，等我打开车窗，想回头望望时，家人的身影已经模糊，家乡的轮廓也已经模糊开来。

家乡，家人。

牵绊着我的情绪，酿造了无限的甜蜜和苦涩，带给我无限的醉意。你是蕴含巨大力量的温暖双手，把我紧紧地拥抱。

余光中先生说：只要一个人背井离乡去远方，就会有乡愁。

春节，像一根时间发出的射线，以爸妈为圆点，以家乡为圆盘，牵动着我情怀的时针、分针和秒针，在时光的长河里拉长着我的思念。

家乡，你是一道风景，在我的记忆里延长。

春节，你是一道乡愁，我从家中出发，却不敢回头望。

家乡，有一道望着我远去的目光……

2018 年 2 月 19 日
于广安邻水

燕子诗语

岁月匆匆，不知不觉日子就这样过去。

闲适深夜，家中书房，用随我多年的钢笔，写点文字，静享岁月时光。

窗纱飘起，身体感到些许凉意，站起身来，倚着窗，窗外的岷江夜色，一片静好。夜里下起了小雨，小雨轻轻地、沙沙地响着。

小雨，如诗的语言，天籁般。

小雨，湿润了我的视线，轻叩着我的心扉，抵达我的心灵深处，与我的心跳一拍一合，紧紧相贴。

前些天，工作顺道，回了趟老家。

这些年，不知何故，每次回家，我都会有些痛楚，都会有些自责，说不清是因为爸妈渐老的背影，还是因为那深情的目光，是因为家乡的沧桑容颜，还是因为那份厚重的乡情。

妈妈做了一桌家乡菜，爸爸邀上几位长辈，打开一壶老酒，在这心灵睡躺的地方，升腾起浓浓的亲情和家的味道。每一分、每一秒都是那样美妙幸福，每一句家常都是那样亲切厚重。

饭席间，两只燕子飞进屋来，在餐桌上方、在我们的头顶上飞旋，叽叽地、清脆地欢叫着。

好多年没有这样近距离地看过燕子了。

十几年前，在老家县城为爸妈买了一套房，农村老家的房也卖给了一远房亲戚。爸妈离开了家乡，住进了县城楼房，也就离开了这些生活在农村的燕子。

去年的某天早上，妈妈在一个电话里讲了很长的话，最后轻声说：剑波，我的儿，我和你爸想回老家去。

我说：可以呀，想回去你就和爸爸回老家走走吧，到舅舅家住几天。

妈妈说：儿，我和你爸都老了，你爸身体也不是很好，想回老家去了，不想在城里住了，你是老大，与两个弟弟商量商量，看能不能在老家找个地方建个房，哪怕修建简单点也行，我们老人不讲究这些。

最后，妈妈喃喃地说：我们真想回家了。

燕子叽喳地飞着，爸妈和几个长辈一起说着、乐着、喝着，浓浓的乡音，朴素的对话，燕语与家语交织在一起，犹如天伦。

长辈说：剑波，你看，你回来，你家燕子多高兴。

妈妈说：燕子通人性，聪明得很，不直接回它楼上的巢窝里，先到楼下来欢迎我家大公子，这小东西也是家庭一员。

爸爸说：几处早莺争暖树，谁家新燕啄春泥。燕子也看人家的，对它不好的人家，它是不会去的，立春时，这对小家伙来我们家看过好几次。不过，燕子筑巢时就是有点脏，客厅地板每天都要打扫好多次。

舅舅说：打扫好多次也不是你打扫的，你就知道当指挥家，东指挥一下，西指挥一下。舅舅这话是心疼他的妹妹，也就是我的妈妈。

长辈说：剑波，还是老家好，虽然你们几兄弟修房花了些钱，但你爸妈回来后，身体好多了，精神也好多了，城里住着有啥意思？

妈妈说：你们吃菜呀，光顾说话，菜都凉了。

…… ……

家里欢笑一堂，酒语酣畅；燕子飞来飞去，快乐歌唱。

才下过几阵蒙蒙的细雨。微风吹拂着千万条才展开带黄色的嫩叶的柳丝。青的草，绿的叶，各色鲜艳的花，都像赶集似的聚拢来，形成光彩夺目的春天。小燕子从南方赶来，为春光增添了许多生机。

小时候，在家乡简陋的教室里，我曾快乐地朗诵过郑振铎的文章《燕子》，至今每次朗读起，依然那般动人，依然那般幸福。

小时候，我家木楼房很宽，在家乡算是大户人家，每年春天刚到，燕子就会从南方飞来，在我家筑新巢。

每天清晨，燕子很早就起来，欢乐歌唱，外出觅食。妈妈对还赖在被窝里的我们三兄弟说：懒虫们，快起床，太阳都晒屁股了，燕子早就起来了，早起的燕子有虫吃，懒虫长大没出息。

每天中午，气温升高，燕子会回巢休息，那个时间也是我们三兄弟回家吃午饭的时候。偶尔，小弟弟会说：哥，你说燕子下蛋没有，燕子蛋好吃吗？恰逢妈妈在身边，她拿起一根筷子就往小弟弟的头上敲：小孩吃燕子蛋，考试会得零分，你们几个不准去捣燕子窝哈。

每天黄昏，两只燕子会并排站在家门前的电线上，仿佛等着劳动的主人和上学的我们回家，渐渐地，电线上的燕子多了，四只、五只。

弟弟说：哥，是不是燕子有孩子了，你说是公的还是母的？弟弟瞪着傻乎乎的一双大眼睛，望着我。

我说：你去问问他们的爸爸妈妈不就知道了。于是弟弟乐呵呵地笑着。

爸妈说：燕子和我们一样，也有一个温暖的家，家里有几个孩子，就像你们一样，有哥哥、弟弟。

每天晚上，我们三兄弟围着八仙桌写作业，昏黄的煤油灯映着几张天真的脸，燕子一家人也在巢里咕哝着。偶尔，一只调皮的小燕子会飞出巢来，在我们头上旋一下，调皮的弟弟会站起来，挥挥手：小燕子，你好！

妈妈说：好好写作业，你就像那只调皮的小燕子。

爸爸说：小燕子快长大了，他们在练习飞，学会了，他们就要离开家。

弟弟说：为什么小燕子要离开爸爸妈妈呢？难道燕子妈妈不伤心吗？小弟弟一脸不解地问。

妈妈说：调皮的小燕子，妈妈不喜欢，所以燕子妈妈不伤心，你调皮不？

爸爸说：燕子妈妈不伤心，因为小燕子长大了，它们要到外面的世界追求自己的生活。它们的爸爸妈妈还要照顾更小的弟弟妹妹，就像你们以后要到外面的世界一样呀。

弟弟说：我不调皮，小燕子也不调皮。

弟弟说：我不要长大，我要永远和爸爸妈妈一起，小燕子也不要长大。

妈妈把小弟弟拉到身边，抚摸着小弟弟的头，小弟弟依偎在妈妈的怀抱。

…… ……

渐渐地，燕子长大了，离开了妈妈，我们也离开了家乡。

吃完午饭，妈妈为爸爸、舅舅与几位长辈沏了一杯家乡茶，继续闲聊着，拉着家常。

爸爸说：剑波他妈，为剑波也沏一杯。

爸爸说：这是今年家乡刚采摘下来的清明新茶，你喝一下，如果好喝，带点到广州去。

长辈说：广州哪有这种老品种的茶哟，与我们这家乡茶比差远了，剑波，你喝喝看看。

舅舅说：这一辈子，我就只习惯老家这种茶，其他茶，没有味道，不好喝。

我不知道，老人们说的是什么味道，看着他们亲切的脸庞，听着他们淳朴的话语，我的心，泛起浓浓的情愁。

揭开茶杯，淡淡清香，静心醒目的气味向我袭来，呼吸之间，浸入心扉，化成神爽。抑制不住，深喝一口，如一股清泉，温温的，清清的，如此芬芳，入心田，入灵窍。

我是一个生活简素的人，我也自喻诗人，于是诗人就有了情怀，就有了情愫与乡愁，心中自有静好与远方。

这份味道，或许就是诗人心中的那份清澈和感动。

困了，就在家中床上睡躺一会儿。

下午，阳光从窗外斜照进来，每个房间都明亮温暖，躺在床上，阳光照着我、抚着我、暖着我。这就是家，有爸爸妈妈在的家，身体和精神分外放松，没有一丝与乡情无关的思想来纷扰。

燕子飞到了房间，迎着阳光，身姿美丽，我轻轻地朗诵着：

一身乌黑发亮的羽毛，一对俊俏轻快的翅膀，加上剪刀似的尾巴，凑成了活泼机灵的小燕子……

燕子，好像一个天使，陪伴着我的父母，它是否与我有一场彼此懂得的约定？

多年以后，儿时的课文，在已经有些许白发的诗人心里，多了一份更深的理解和感悟。

春色遍芳菲，闲檐双燕归。

还同旧侣至，来绕故巢飞。

燕子在巢里栖息嬉戏，偶尔亲昵地喃喃细语。

我问燕子：亲爱的，你来自哪里，还要去何方？

我问燕子：亲爱的，你的旅行，是为了迎接春天的到来，还是为了生命不再短暂？

我问燕子：亲爱的，你永不停止地随季节变迁轮回，难道你也是一个异乡人，也在远方漂泊？

…… ……

慢慢地，燕子睡了，睡在异乡；我也睡了，睡在家中。

诗人说不出口，但诗人要走了。

再次离开家乡，离开爸爸和妈妈，离开有爸妈在的家，再次漂泊异乡。

看着爸爸的目光，看着妈妈的脸庞，我知道，其实我该多待些时间，因为这是我的家，因为爸爸妈妈已经年迈，他们不再挺拔的背影和满脸的皱纹，难道留不住我奔跑的脚步？

我不知道，几个小时的家中停留，对于我深爱的老人是热爱还是伤害。

诗人紧锁目光，强掩心灵疼痛，坚持着挥手。

爸爸说：孩子，在外要照顾好自己，千万要注意身体，不要太勉强自己，用钱也不要太节省。

妈妈说：波儿，你是老大，你们几个兄弟都不在我们身边，你平时要多与两个弟弟打电话，你们都在外面，要相互关心，多联系。

爸爸说：你在外面不要担心家里，不要担心我们，亲戚乡邻都会照顾我们的，我和你妈妈身体都很好。

舅舅说：剑波，你平时有空也多回来些，多回来看看你爸爸妈妈。

我不知道该说些什么，想说也说不了，我已经哽咽。

那对燕子，在家门前的晾衣绳上静静地排着、站着，它们一言不发，仿佛在倾听我们说话，难道它们也哽咽了，难道它们也知道诗人的不舍与哀愁？

诗人说：妈，我们小时候，你曾经说，调皮的燕子妈妈不喜欢。

诗人说：爸，我们小时候，你曾经说，燕子长大了都要离开自己的家。

诗人说：爸、妈，你们千万记住，每天晚上，你们不要把所有窗都关上，不然燕子回不了家。

…… ……

我望着天空，燕子呆呆地站在晾衣绳上，不言不语；我望着天空，天空下起了雨。

夜深了，夜静了，窗外淅淅沥沥的雨还一直在下。

诗人静静地听着，细数着岁月，静默着人生。一支钢笔，一段文字，一份情愁，一剪记忆，把诗人的心捣碎了，碎成一滴一滴的雨，在风中滑落，在风中流淌。

雨

在这个凌晨

谁在聆听你的

叹息

愁

越来越浓

在夜里生起了

憔悴的芽

燕子

不惊扰你

在家的屋檐上静静地栖息吧

不要害怕

诗人

不要躲在窗前哭泣

窗外的光

带你去一个美丽的地方

2017 年 4 月 29 日凌晨
于成都

端午，电话响起

一、端午节前的长夜

明天，端午节。

端午节，一个美好的日子，虽然与旅游无关，但有很多想去的地方，例如爱人与孩子所在的沈阳家、爸妈所在的川东老家、我和爱人奋斗二十年的成都家。

可是，哪一个都去不了，明天一早航班，飞青岛。

安静下来，认真一算。

已经三十一年，没有与父母一起分享端午时光；已经十年，没有在成都家中细享端午；已经三年，没有与老婆孩子一起过端午。

不知道，这种已经，还要继续多久。

此刻，独自在广州，静坐窗前，思想端午，一个与自己多年没有一点关系的节日，突然有了伤怀。窗外夜，空茫茫，城市灯光已经阑珊，轻风来，吹落了一地思念，一股疼痛填满我的眼眸。

眼帘湿润，所有关于远方的情愁，紧锁在一双深情的眼中。

一个人的城市与夜晚，端午就成了孤单。我把所有的灯都开着，我害怕夜色会把自己淹没和吞噬。我也不敢只开少许的灯，我害怕柔弱的灯光会拉长自己的身影，把影子拉成长长的孤单，孤单到无法承受、无法呼吸。

我顿悟到，漂泊的岁月，会把人生也飘浮起来，会让许多思考、思绪失去根基、方向。

许多时候，曾以为，在繁华的都市有了一套房、一个家，就觉得自己在这个城市里踏实了，甚至觉得已经成了城市人。很多时候，我们也为这份拥有感到幸福和荣耀。

可是，在没有属于自己记忆和情愁的城市里，你永远都不会成为城市的主人，你只是一个拥有居所的异乡人。

这份感觉，在此刻，深入骨髓，残酷写实。

这份感觉，把许多不真实、虚荣的外衣层层剥离，剥离得一无所有、体无完肤、伤痕累累，一个人蜷缩在这个偌大城市的角落。灯光仿佛一把冷冷的剑，一剑刺穿我的身体，把血液冰冻，流淌不出一滴血。

家，家人，家乡。

简单的字，牵绊着我的情愁和爱恋，犹如一颗石子，投入思绪的河里，荡漾起一幅幅熟悉而温暖的画面，心中泛起涟漪，泛起一行行泪水。

孤单的孩子，在端午的日子里，孤单着。

想家的孩子，在端午的日子里，想着家。

二、妈妈的桐油叶泡粑

粽子是端午节的美食。

可是，在繁华的城市，粽子成了地道的商品，穿着华美的衣物，摆在了超市的柜台，让这个节日多了商业气息，少了很多传统节日的芬芳和味道，少了很多家的温馨和亲昵。

这份"少"，让我有了叹息，有了失落。

我的家乡，在川东。

川东的端午，不吃粽子，有更美妙的食品，名叫油桐叶泡粑。

小时候，每当端午节来临，妈妈就会准备一些优质的糯米，倒在大大的簸箕里，洁白的糯米带着一层油光，像一颗颗珍珠，散着淡淡的稻米香。妈妈会认真地挑选出混杂在糯米里没有脱皮的稻谷，哪怕在昏黄的煤油灯下，妈妈也能挑选出来。簸箕边，围着三个小家伙，听着妈妈讲故事。

小弟弟说：妈妈，我也要挑。

妈妈不让，说：你看你黑黑的小手爪，把糯米都弄脏了。

小弟弟说：我去洗手，洗干净了就能挑吗？

妈妈说：好的，你去洗吧，不洗干净不准回来哈。

一会儿，小弟弟回来了，妈妈说：小家伙，洗干净没？

小弟弟说：洗干净了，用了好多香皂，不信，你们闻闻，还有香皂味呢。

二弟弟说：有香皂味，更不要你来挑。

小弟弟生气了，说：为什么呢？

妈妈连忙安慰说：好，好，你挑，你挑。

小弟弟高兴得不得了，然后，我和二弟弟也笑了，妈妈也笑了。

小弟弟把眼睛睁得大大的，望着妈妈说：妈妈，泡粑要多久才能吃哟？

妈妈抚摸着小弟弟的头，说：你这个小家伙，一天就知道吃，端午节到了，泡粑就好了。

小弟弟不解地问：哥哥，端午节是什么节哟？为什么泡粑一定要端午才能吃呢？为什么不能明天就吃呢？

哥哥说：在端午节的时候吃泡粑，泡粑吃着才香。

于是，一家人围着簸箕，笑着。

接着，妈妈把挑选好的糯米放在几个盆子里，用家乡的泉水浸泡一两天。

浸泡糯米的时候，妈妈会在不同的盆子里放一些红小豆、绿豆、黄豆、花生、红枣等，妈妈常说，这样做，就有不同的味道。

年轻时的妈妈，身材高挑，一米六多的身高，在川妹子里算是高挑的。妈妈是家里排行最小的，有两个姐姐和一个哥哥，听舅舅和姨妈们讲，我的外婆和外公从来不让妈妈做家务和农活。

从小，妈妈就只会刺绣、跳舞、唱歌，在我们镇也是一个文艺青年。妈妈知书达理，对人亲切又友善，左邻右舍的孩子和我们儿时的同学都喜欢到我们家。

记得小弟弟有个同学，在小弟弟参军后，在我们家生活了两年多。妈妈像对待亲儿子一样疼爱着我们的同学和发小。

妈妈只会做几道美味，例如醪糟、米酒汤圆，油桐叶泡粑是妈妈为数不多的能做的一道佳肴。

正因如此，我和两个弟弟，分别在七八岁的时候就学会了做饭，也逐渐按照成长的顺序，当起了家里的"厨师"。

然后，就是磨浆。

家里有一个大大的、厚厚的石磨，在 20 世纪 90 年代以前，石磨是每个川东家庭的必备工具，它能磨出金黄的玉米面，可以做美味的玉米羹和玉米粑；它能磨出白白的小麦面粉，可以做美味的饺子和面条；它能磨出芳香的豆浆；它能磨出甜甜的汤圆和油桐叶泡粑。

我和二弟弟负责推磨。妈妈负责往石磨眼里添已经泡胀了的糯米。

石磨一圈一圈地转着，白白的糯米浆从石磨里流出。

妈妈说：在我小时候，这活是你们的舅舅和姨妈做，我就像这个小家伙一样，在旁边捣乱。

小弟弟拽着妈妈的围裙，在妈妈身后一晃一晃地跟着。

小弟弟说：我没有捣乱呀，我要推磨，哥哥也不让我推呀。

二弟弟说：你都没有磨子高，是磨子推你还是你推磨子哟？

小弟弟跑到磨杆子前，比画着，然后说：大哥，你看，我眉毛都超过磨子了，你说我能不能推？

我说：好的，能推，到我这里来。

小弟弟高兴地跑到我身边，抓着我的手，一起转动着，我说：弟弟，好玩不？

小弟弟说：好玩。

不一会儿，小弟弟就觉得不好玩了，跑到我身后，抓住我的腰，说：哥，这也算哈？

二弟弟说：这当然算呀，不过算捣乱。

小弟弟灰溜溜地跑到妈妈身边说：妈妈，二哥欺负我。

妈妈说：好的，我批评你二哥。

大家都笑着。

不一会儿，白白的、黏黏的糯米浆就盛满了大大的土陶缸。

糯米浆在土陶缸里需要待上几天，这是糯米浆发酵的过程。

妈妈常对我们说，糯米浆发酵是做油桐叶泡粑最关键的环节，这是她妈妈也就是我们的外婆手把手教她的。糯米浆发酵后做出来的泡粑松软而绵长。发酵是糯米浆将淀粉进行转化的过程，让泡粑变得甜美可口，并产生一种特别的味道，清香得很。

当然，妈妈是不懂得糯米浆在发酵过程中的原理的。

但是，妈妈能熟练地拿捏好糯米浆发酵过程的"火候"。

妈妈每天要把发酵的糯米浆翻腾几次，她说：这样才能匀称，不然有的好吃，有的不好吃。

那时的小弟弟，是妈妈的跟班，也是小棉袄，他说：妈妈，你看，缸里好多气泡，为什么呀？

妈妈一边搅动，一边说：有气泡，泡粑才好吃呀。

妈妈说：小家伙，你写字没有？

小弟弟说：我早就写完了，我比哥哥们写得快，哥哥们还在写。

妈妈说：好的，写完就乖，走，跟妈妈洗油桐叶去，好不好？

然后，小弟就跟着妈妈到老家屋后的池塘边，挑选油桐叶，要选没有裂缝、孔眼的，圆圆的大大的那种。然后，妈妈把每张油桐叶清洗干净，小弟弟光着脚丫在池塘里戏水，乐呵着。

妈妈看着小家伙，脸上露出甜甜的笑。

端午那天，大清早妈妈就会起床，在厨房里忙活着。

先是把油桐叶在锅里煮一下，让油桐叶变软。

煮油桐叶也是个技术活，煮的时间短了，油桐叶发硬，糯米面就包不成形，包出来的泡粑丑得很。煮久了，油桐叶变黄了，泡粑包出来就会没有油桐叶的清香，也不好吃。

妈妈给她的儿子们讲了好多道理，三个儿子觉得妈妈好能干。那时，三个儿子非常崇拜妈妈，因为妈妈长得漂亮，有文化，又会唱歌讲故事，还会跳舞，每次乡里会演，妈妈在台上的表演都精彩得很。

端午节上午，就开始蒸泡粑。

妈妈把大铁锅洗得干干净净，铺好竹丝板隔层，然后把糯米面用油桐叶包好，一个一个地铺在隔层里，排得整整齐齐。

小弟弟说：我也要包一个。

妈妈说：好的，小家伙包一个。

妈妈说：你们两个哥哥也来包几个，等会儿看谁包得漂亮，谁包得好吃。

小弟弟说：妈妈包的最漂亮，妈妈包的最好吃。

妈妈说：就你这个小机灵最乖、嘴最甜。

…… ……

二弟弟负责烧灶火，一不小心，把锅烟灰擦到了脸上，像唱戏的丑角，妈妈和我们几个都乐呵地笑着，而二弟弟不知道，也乐呵地跟着笑。

三、爸爸在端午节归来

中午，是我们家最幸福的时刻。

爸爸常年外出做小买卖，一出门就是两三个月，每当端午、中秋、春节、春播季节、秋收季节，爸爸一定准时回来。

长大后，我才知道，爸爸非常辛苦，去过很多省，例如贵州、云南、湖南、广西。爸爸在我们懂事后才告诉我们，他做的小买卖，全是挑着生意担子翻山越岭、走家串户。但爸爸的生意，让我们家在那时、在当地显得富裕一些，我们三兄弟的吃与穿也好一些。

每当中午，妈妈就会在院里张望，我们知道，妈妈是在等爸爸归来。

妈妈会把头发梳得整整齐齐，穿着漂亮的衣服，每当那时，妈妈也会让我们换上一身干净的衣服，两个弟弟在屋后的池塘里，把脸、手、脚洗得干干净净，妈妈是不允许我们打赤脚的，必须穿上鞋子。

多年以后，我们懂得，这是对爸爸的尊重，这是对爸爸的欢迎。

多年以后，我们懂得，这就是所谓的家庭温暖，这就是所谓的家。

渐渐地，我们远远地看到爸爸归来的身影。

房檐下，妈妈带着我们站成一排，妈妈牵着我和小弟弟的手，我牵着二弟弟的手，妈妈没有说话，把我们的手牵得越来越紧，直到手心有了一些微微的汗。

爸爸的身影，越来越近，近到可以听见爸爸的脚步声。

爸爸的脚步，越来越近，近到可以看见爸爸的笑容。我们听见爸爸在唤我们的名字。

小弟弟挣开妈妈的手，和二弟弟一起跑向了爸爸。

妈妈说：波儿，你去帮爸爸把担子挑回来。

我们三个兄弟跑到爸爸身边，爸爸抱着小弟弟，我挑着爸爸的生意担子，二弟弟挎着爸爸的背包，我们一起回到家，妈妈在原地迎接着我们。

爸爸满脸笑容，说：孩子她妈，我回来了。

妈妈也满脸笑容，说：小家伙，多大了，还调皮，爸爸累了，赶快下来。

爸爸对妈妈说：老三又长高不少了，你在家带孩子辛苦了。

妈妈对爸爸说：饿了没有，你又瘦了。

妈妈说：波儿，去帮爸爸打盆热水，让爸爸洗个脸。

爸爸对妈妈说：不饿，一早在县城里吃了的。

我看见妈妈走到爸爸身边，把小弟弟接了过来，然后拍了拍爸爸肩上的尘土。其实爸爸穿得干干净净的，头发梳得很顺，一点胡须都没有，忒精神、忒精致。我知道，妈妈是在用温柔的肢体语言，关爱自己的丈夫。

多年以后才知道，爸爸每次回老家，都会在县城找个旅店洗个澡，换一身干净亮堂的衣服，精神抖擞地回家。

爸爸微笑着，对妈妈说着很轻声的话。

妈妈的眼睛，在话语中慢慢地湿润了。

两个弟弟在旁边乐呵着，爸爸看着我们，也乐呵着。

不一会儿，邻居们聚过来，爸爸拿出香烟，一一递给各位乡邻，爸爸也会带一些水果糖，给每个小孩发几颗。

这时，妈妈把厨房里的第一锅热腾腾的桐油叶泡粑起锅，用一个大大的竹筲箕装出来，一个个发给乡亲们。乡邻都赞叹妈妈的手艺好。

妈妈美滋滋的，说：做得不好，做得不好！

爸爸说：谢谢各位老辈子、老乡，谢谢大家平时对他们娘儿们的照顾。

妈妈选出一个大的，剥去桐油叶，递到爸爸手里，说：孩子他爸，你也尝尝。

小弟弟瞪着大眼睛，望着竹筲箕里的桐油叶泡粑，拽着妈妈的衣服，小声地磨叽着说：妈妈，妈妈……

爸爸看着小弟弟，说：来，小家伙，馋了吧。

说着，掰下一块泡粑，喂到小弟弟嘴里，小弟弟一边说着好吃，一边依然盯着竹筲箕。

妈妈说：波儿，你们也吃，不然小家伙眼珠都要掉出来了。

大家都笑了。街坊邻居们都笑了。

妈妈摸着小弟弟的头，快乐地笑着。

端午傍晚，夕阳黄昏。

一家人围着一张川东八仙桌，妈妈花了很多心思与功夫，做了一桌美味。

儿时，我家有个小商店，家里不缺零食。但爸爸依然为我们带回很多农村买不到的零食和水果，例如软糖、果冻、蛋糕、香蕉等。

爸爸还为我们每个人带回了精美的礼物，我的是一支钢笔，二弟弟的是一列小火车，小弟弟的是一个小布熊。妈妈也有，就是第二天穿上的美丽衣服。

妈妈说：几个小家伙，爸爸买这么多礼物，谢谢爸爸没有？

小弟弟说：我谢谢爸爸了，但爸爸说，不用谢。

妈妈说：喜欢吗？

我们说：喜欢。

真的，爸爸的礼物，我们三兄弟特喜欢、特自豪，但更高兴的是爸爸回来了，家里特温暖。

端午节，最珍贵的一道菜就是桐油叶泡粑。那是我们多少天的期待。

这时的妈妈，会用一个精美的陶瓷大盘子整齐地把桐油叶泡粑盛上来，那是一道大餐，妈妈会亲自一个一个地夹给我们。

然后，看着爸爸与我们一个一个地吃完。

这时，爸爸会说：孩子他妈，你也吃呀。

妈妈会说：你在外面辛苦了，多吃点，不知道味道怎么样。

爸爸说：好吃得很，特别香、特别甜、特别软和、特别细嫩。

妈妈说：好吃就多吃点，锅里还有好多呢。

说着，说着，妈妈低下了头，擦了擦湿润的眼睛。

小弟弟说：妈妈，你眼睛怎么了？

妈妈说：傻孩子，没有什么，妈妈眼睛进灰尘了。

爸爸摸着小弟弟的头，说：小家伙们，快快长大，好好读书，外面的世界大得很、好得很，你们长大了，妈妈就不会这样辛苦了。

妈妈一言不发。但我看见，妈妈幸福的微笑。

四、端午节电话

端午，电话响起，是妈妈打来的。

我说：妈妈，做泡粑没有？

妈妈说：没做，麻烦，我和你爸爸也吃不了多少。

我说：妈妈，做点嘛，端午节吃点泡粑，才有节日味道。

妈妈说：就我和你爸爸两个人，吃啥也没有味道。

电话没有挂，但没有了声音。

好久，我说：妈妈，你做点放冰箱里，等孩子高考了，我们回家来吃。

妈妈说：儿呀，我和你爸爸都老了，再过几年，想做也做不动了，如果想吃，就早点回来吧。

我说：好的，妈妈，儿子记住了。

我说：爸爸呢？

可就是这一句话，彻底击溃了我与妈妈，妈妈说：儿呀，你们小时候，每次过节，千里万里，你爸爸都要回家看你们三兄弟，可这些年，你在哪里……

2017 年 5 月 29 日
于广州

油菜花，醉在你的幽香里

夜空，弯弯月，挂在天际，照着窗前归家的夜读人。夜风来，薄纱卷帘，揉碎了夜色，揉碎了夜的安宁。

如果，世间有"水不洗水，尘不染尘"的地方，那一定是故乡。

如果，世间有"愁不剪愁，情不扰情"的惆怅，那一定是乡愁。

春潮涌动的夜晚，安放不下一颗想象的心。在繁花盛开的春天，不要紧锁自己的情愫，打开窗，任由股股幽香袭来，任由春天的美好在心里绽放，哪怕有一丝寒峭。

又是一年的二月二，风筝飞满天。思绪，在春天里泛起了乡情。

今日，飞机上，往窗外一望，目光再也不能收回，大地间一片片的金黄，我知道，那是上天泼下的色彩，如温婉的油画，铺在大地上，铺在了我的家乡。家乡的油菜花，满山遍野地开放。春天，是油菜花开放的季节。

油菜花，平凡朴素的花，少有千古诗句。

它是属于淳朴大自然和淳朴农民的花，它生来不是用来观赏的，也不会被人采摘来送恋人，更不会有人把它装在花瓶里精心呵护。

它就是如此朴素，如此平淡。

最喜欢它的，是小虫、小鸟、蜜蜂、蝴蝶和蜻蜓这些可爱的生命精灵，它是这些精灵们的天使。

最喜欢它的，是平凡的土地，静静守候着它的花开花落。

最喜欢它的，是漂泊的游子，细细品味着它的浓浓幽香。

它，在游子心里，就是一抹乡愁，让生命和季节充满了感动和美丽。

回到家乡，心儿按捺不住。

开着车，到大地的腹地去，到山冈去。我要放目原野，我要靠近这份多年未见的芬芳和美丽。

春天里，阳光里，油菜花争相开放，一朵朵、一簇簇、一片片，纤手盈盈，姿色美美，风韵款款。

微风起，花海荡漾，群色舞动，油菜花宛若一群少女，在绿海里翻涌，一波一波、一潮一潮、一浪一浪，芬芳涌来，金光闪闪，色泽艳丽，让大地诗意涌动、俏丽动感。

娇艳的大地，我醉了。

我想抱抱你，我想深情地抱抱你。

浓郁幽香的油菜花，多年后，我醉倒在了你的怀里。

走在田埂，走上山冈；走在大地，走入花丛。

闭上眼睛，张开双臂，深吸一口，一股股幽香扑鼻而来，浸心沁神，心旷神怡。

美妙芬芳，弥漫着家乡这片多情的土地，和煦的阳光照在这片春天的原野上，大地温情暖融。

静谧田园，置身其中，犹如仙境，细腻陶醉，物我两忘，流连忘返，仿佛一场梦，仿佛一面如诗的画境。

油菜花，牵着我的梦幻不停地泛起涟漪，不停地在家乡大地上飞翔。

我渴望自己也是其中一朵，穿着美丽的衣裳，站在洒满阳光和芬芳的土地上，等着美丽的姑娘向我靠近，向我亲昵。

我渴望自己也是一只蜜蜂，在花海里自由地飞，与花一般美丽的姑娘依偎，和她悄悄地读诗说话。

春风起，大地飘荡起春天的气息。

春风起，我告诉自己，我深深地爱着这片久违的土地。

多少年，都不忘，三月三，家乡油菜花盛开的季节。

油菜花，盛开着家乡的芬芳，盛开着家乡的乡情，盛开着我对家乡的眷恋。

此刻夜里，掀开帘，推开窗，站窗前，深深吸，吸到了幽香，吸到了深情。窗外的油菜花，在夜里，含苞欲放，羞羞答答地等着懂它的人。

一抹淡雅清秀，一瓣晶莹悠长；一缕浓浓乡情，一夜美丽童话。

2017 年 3 月 3 日

于成都家中

妈妈，您的眼睛

某天，深夜。

男人在睡梦中哭着醒来。

惊醒了爱人：老公，怎么啦？

男人说：梦见了爸爸妈妈。

男人说：梦中，爸爸妈妈一下子就老了，老得没了眼神和记忆，都认不出我了。

男人轻轻地说着，流着泪，一直未停。

爱人说：老公，我们回家吧。

男人紧紧地抓着爱人的手，依靠着床枕，点着头。这次，再也没说时间紧、工作忙，一句话也没有说。

男人，带着爱人与孩子，一起回家。

男人在外多年，家乡已成乡愁。

男人打电话，说：妈，我想回家，我想你们了，我想回来看你和爸爸。

妈妈说：我的傻儿，回来就回来嘛，还来个想回家。我和你爸也想你们了，昨天你爸还唠叨着说，广州那么大的暴雨，你们到底有没有事，也不晓得打个电话。

男人说：妈，杀个鸡炖起，可以不？

妈妈说：把那几个光吃苞谷不下蛋的都杀来炖起，天天吃，可以不？

男人说：要得，安逸。

然后，男人与电话那头的妈妈，在电话里都咯咯地笑了起来。

妈妈说：儿，路上开车慢点哟。

车，在山林浅丘的小道上，缓缓绕行。

眼，穿过落下玻璃的车窗，静静瞭望。

这片土地和村庄，这满山的青翠，这满坡蛙鸟蜓蝉的交响曲，还有家家户户的袅袅炊烟，诱惑着男人。男人控制不住眼睛和心跳，竟如青春时那般悸动与慌张。

一句乡音，让男人泛起心潮，湿了眼眸。所有的愁思，在亲切的气息里安宁下来。

时光徜徉，思绪纤柔，风儿摇摆树枝，吹拂眉梢，还原光阴故事，给男人、爱人和孩子一个温暖的抵达。

男人的爸爸，当过八年，只会做生意，在二十世纪七八十年代走南闯北，去过很多省。

男人的妈妈，年轻时很漂亮，能歌舞，能刺绣，还能识字读报。儿时，或有星星的夜晚，或在点着煤油灯的方桌前，她讲着《红楼梦》《红岩》《杨家将》等小说里的故事。故事中，林黛玉的柔美、江姐的气宇、穆桂英的英勇，都让三个孩子听得津津有味，仿佛妈妈就是那般的人。很多时候，乡邻孩子也会一起围绕男人的妈妈，一个个托着下巴，听她讲故事。

时常，妈妈会从家中商店里，拿出一些糖果，分给孩子们，孩子们乐开了花。

每当那一刻，妈妈的三个孩子，心里都美滋滋的。

直到今天，男人常说：那时的妈妈如花一样，如天使一样。

每当那时，爱人调皮地说：有我漂亮不？

男人说：不分高低。

于是，男人与爱人，一起哈哈地笑着。

回到家，家里顿时热闹起来。

爸爸和妈妈总是先端详着他们的乖乖孙儿，说：好像又长高了，但是瘦了，是不是学校饭菜不好吃哟？

孩子说：还可以吧，我也没觉得瘦了呀？

爱人说：傻孩子，那是爷爷奶奶心疼你。

妈妈说：老大，你二弟忙得很，刚来过电话，说单位很多事，明天晚上回来。

爱人说：妈，二弟知道他大哥在开车，已经给我打电话了，三弟也打过电话了，叫我们多陪你和爸爸几天。

爸爸说：静儿（老人一直这样称呼他们的大儿媳），你爸爸妈妈身体还好吗？

爱人说：还好，爸爸，您身体还好吗？

爸爸说：上年纪了，腿有点不好，使不了劲。我一直想去看看你爸爸妈妈，但身体不方便了。

爱人说：这几天，我们带你去检查。

爸爸说：不用，医院花钱得很。

妈妈说：钱重要还是身体重要？把钱看得紧得很，不知道留来干啥子。

舅舅也帮着他的妹妹，说：你一辈子就是生意帐，人老了，身体要紧。

爸爸好像被群体攻击一般，说：挣钱不容易呀。

男人发话了，说：不容易，又不要你挣，你和妈妈在家把身体搞好就是。

爸爸自语：你们在外挣钱也不容易呀，都是辛苦钱。

爱人悄悄地走到男人身边，说：老公，对爸爸说话轻点，爸爸舍不得花钱，还不是怕我们在外辛苦。

热腾腾的菜香，飘着家的味道。

妈妈和舅妈花了很多工夫，桌上摆满了菜，最显眼的，就是那雪白的豆腐和土罐炖鸡，诱人至极。

孩子说：这么多菜呀！

爱人说：好香！

妈妈不停地进出厨房，说：香就多吃点。

爱人要去帮忙，妈妈不让，说：你们辛苦了，坐着吃就是，我忙得过来。

爸爸与舅舅，还有几个长辈，倒上了几杯家乡的高粱老白干。

爸爸说：老大，你也喝点。

男人说：好的，来一杯吧。不过，您那个酒，度数高得很。爸，您心脏不是很好，娈少喝点。

爸爸说：没事，我能把握分寸。

舅舅说：你爸爸今年身体有点弱，你这次回来，带他到医院看看。

爸爸说：都是快八十的人啦，有什么弱的？我看啥问题都没有。

男人端起酒杯，敬几位长辈身体健康。家，其乐融融。

孩子说：妈妈，你的碗有个破口，注意别被划着。

妈妈说：我前几天才换新的，怎么又坏了哟？来，静儿，我帮你换换。

爱人说：妈，没事，不用换。

爱人转了一下话题，说：这个鸡，炖得好"巴适"，好香哟。

妈妈说：全吃的苞谷，就是太肥了，不下蛋了。

这时，爸爸来劲了，说：叫你少喂点少喂点，好像苞谷不要钱似的，那么肥，下啥子蛋嘛。

妈妈说：不生蛋，就炖来吃，苞谷都是自己种的，花啥子钱？

平日里，爸爸妈妈就爱这般小斗嘴，但风雨几十年，从没大吵过。家乡人都称赞他们，他们相敬如宾，却不失小吵与小幽默。

老辈子说：今天的豆腐不错哈，又白又嫩，又绵劲，就是辣椒碟咸了点。

爱人说：老辈子，我去帮您换换，可能是盐没有融化。

舅舅对我说：你妈这手艺，已经不错了，她年轻时，你大姨和你外婆都不让她进厨房，不让她下地干活。

爸爸说：这两年，我身体不太好，家里的活，都是你妈妈一个人干，你妈妈很辛苦。

这时，长辈调高嗓门，说：你年轻也只做买卖，没有下过地呀。

妈妈说：他在外做买卖更辛苦。

男人与爱人端起酒杯，说：爸爸，妈妈，我们敬你们，你们辛苦了。

一桌人，微微醉着，快乐得很。

最后一个上桌的是舅妈。

这个舅妈，是这几年才跟舅舅在一起的，原来的舅妈因身体不好，过世了，可惜得很。这个舅妈不识字，但勤劳朴实，贤惠善良，做得一手好菜，每次家里来客人，舅妈就会来帮忙，一大桌菜，基本上都是她的功劳。

正如舅舅所说，妈妈是不会做菜的。打小开始，男人三兄弟就学会了厨房手艺，手艺最高的是老二老三，不分高下，最差的是男人，因为男人的师傅是妈妈。

爸爸说：辛苦你了，你也喝杯。

舅妈连忙说：辛苦啥，不辛苦。

舅舅说：今天味道不错，外甥他们表扬你了。

妈妈为舅妈拿来碗筷，说：今天你舅妈功劳最大，一大早就过来了。

舅妈，满面笑容，乐得合不上嘴。

爱人说：我去帮舅妈换个饭碗。

舅妈的饭碗粘着菜渍，可能是洗碗时没注意留下的。

男人说：妈，您每次洗碗的时候，不要怕用水嘛，水费才几个钱，没洗干净多不卫生。

这时的妈妈，喃喃细语，仿佛自责，说：每次洗碗，我都注意的呀。

爸爸说：昨晚，我后来用过碗，我没开灯，黑乎乎的，可能是我没有洗干净。

长辈说：农村就这样，不干不净，吃了没病。记得小时候，到地里偷红薯或花生，洗都不洗，还不是啥事没有。

男人说：老辈子，我们家的花生，原来是你们搞的鬼哟！

一家人，讲着曾经，拉起家常，温馨得很。

长途开车，本有点乏，再喝点酒，更乏。

男人自在地躺在家中床上，心与身子无限温软踏实。打开所有窗，呼吸着家乡空气，望着窗外繁星，男人的心，温暖却忧伤。

多少记忆，多少故里亲情，已成心底牵挂。如今，抵达牵梦的地方，身体与灵魂睡躺在这片大地上，但不知道为何，自己仿佛被这片土地所遗弃。如果不是老人牢牢抓着，仿佛抓着风筝线一般，男人或许已是不知归途的游子。

爱人，来到男人身边，她知道男人的心境，她不想打乱男人的思愁。她告诉男人，妈妈不让她到厨房里去帮忙，她把餐桌和爸妈的房间收拾了。

男人说：老婆，辛苦你了。

爱人说：老公，爸妈都老了，这次回来，你多陪爸妈说说话，这两天带爸妈去检查身体，他们的身体都不是太好。

归去来兮，静静的夜晚，静静的时光。这是男人永不割舍的土地，如梦的家园，永放不下的忧伤。

半夜，男人醒来。爱人不在房间，男人轻唤几声，却没有爱人的回答。男人起身，走出房间，听到楼下微微声响，轻脚下楼，是男人的爱人与爸爸在厨房里，洗着碗，轻轻地对着话。

爱人说：爸爸，这么晚，您怎么还在洗碗，妈妈不是洗过了吗？

爸爸说：静儿，这些年，你妈妈因为眩晕症，衰老得特别快，今年视力特别不好，所以，做饭做菜，不是这样放多了，就是那样放少了。洗碗也洗不干净了，也经常碰坏。

爸爸说：那些年，我常年不在家，都是你妈妈一人把三个孩子带大，培养成才，支撑起这个家，吃了好多苦，她从来不说一句话。

爸爸说：你妈妈年轻时，特别爱干净，从来都把自己、三个孩子打扮得整整洁洁，把家收拾得干干净净。

爸爸说：现在，老了，碗都洗不干净了，明天老大有朋友来家做客，我知道你妈妈没把碗洗干净，所以，趁你妈妈睡了，偷偷起来，再洗一遍。

爸爸说：静儿，你妈妈一生好强，如果让她知道，她现在连碗都洗不干净了，你妈妈会难过、伤心的……

那一刻，男人的爸爸，哽咽了。

深夜，一片寂静。

厨房门外的男人，靠着墙，身体已经崩塌无力。

心，一下子碎了，他的世界，也一下子碎了。

眼睛，止不住地热泪流淌。

2018 年 6 月 13 日
于上海

第五编 依 恋

伊人依恋

Attachment to her

此一生，若一人

就是伊人

此一世，若一句

就是伊语

伊人伊语依恋，相知相守相牵

思念，就在眼前

想念，不再遥远

就这样，站在我的身边，看我，美美地看着

永远，永远

…… ……

带不走你的清香

我的姑娘

我走了

今晚，我要到另外一个地方

本想，等到你

本想，好好地把你拥抱

本想，好好地把你端详

本想，再看一下你俊俏的模样，但

直到，我走时

你还在匆匆回家的路上，我们呀

虽然在同一道铁轨上

可各自，在不同的方向

心，惆怅得慌张

我的姑娘

我已经整理好楼上的书房

清扫好家中的门窗

收拾好远行的衣裳与行囊

装了些钱，放在信封里，放在了餐桌上

院子里的花园，盛开了几朵洁白的栀子花

可爱极了

散着一股悠悠的香
舍不得把它们带走
又害怕它们在阳光下败了花蕾，淡了芬芳
摘下了
一束放在枕边
一束放在你的梳妆台上

我的姑娘
还记得诗人曾经在栀子树下读的那首席慕蓉的诗吗

如果能在开满了栀子花的山坡上
与你相遇，如果能
深深地爱过一次再别离
那么，再长久的一生
不也就只是，就只是
回首时
那短短的一瞬

我摘着栀子花，轻轻地把诗读起
花瓣好像你甜美的脸庞
也长着一副迷人的模样

我的姑娘
一个人在庭院里，静静地守着栀子花的花期
好好地把它爱恋
栀子花香
扑鼻而来，仿佛风在歌唱
纯纯的白

迎着光，好像你的容颜

是白，是静，是温婉如玉

滑入心扉，甜蜜得像诗一样

清纯到极致

我知道

我是深深地想你了

远去的路，好长，好长

对你的思念，随列车，无边无际地飞翔

我的姑娘

今夜

你就把梳妆台上的栀子花，放进诗人的诗集里吧

当成一枚精致的书签

让我写首诗，好好地把你想念

也请你

把放在枕边的栀子花，装进精致的花篮

放在我床头吧

当月光透过窗纱，漫到枕上

那就是我

和我想你的目光

如果，夜凉了

花瓣甜美的微笑，会把我的温柔带到你的梦乡

如果，你累了

栀子花泛起的那一缕清香，会把你深深地拥抱

把你带到有我的地方

2018 年 6 月 6 日
于成都到西安的高铁上

静静地想念

不知何时开始

心海就无法搁浅

许多与缠绵有关的思绪

在冬季白雪的清晨

在刺骨的冷风里

在阳光灿烂的时分

想念

缓缓抵达我的心海，一起荡漾

泛起了美的记忆

这种感觉

像流星滑落，坠在爱情海里

像你飘逸的长发，滑过我敏感的肌肤

融化了我的想念

跌入冬季已经太久

再不思想

再不想念

冬雪，就会把整个大地冰封埋葬

包括我的情感

也将被遗忘

再不放飞自己

再不好好把你想念

我害怕

我的神经会僵硬，我的心海会冰冻

还有我自由的想、温暖的念

也会冰凉下来

然后斑驳

所以

在这静静阳光普照的日子里

我要认真地把你想念

如静静消融的白雪，流淌出最冰洁的泪水

慢慢地打湿大地，慢慢地沁到心里

如此迷恋这种深刻的感觉

望着窗外，思绪无垠

我静静凝望的目光

我静静长长的想念

你是否感觉到了

突然

心里念起志摩的诗

那河畔的金柳，是夕阳中的新娘

波光里的艳影，在我的心头荡漾

那新娘，是不是你

那艳影，如漫天雪花
美得洁白、美得剔透、美得让我窒息

思念
如一场梦
轻轻的、静静的
自由而干净
像飘雪，像东北旷野的炊烟
缓缓地
把我带到了飘雪的天空
无数颗晶莹的眼睛（心）
看着我，吻着我
让我的想念自由脱俗

这想念
像冬雪融化后的春天
那样温暖、那样舒缓、那样清澈、那样蔚蓝
这想念
就在此刻的眼眶

2014 年 1 月 17 日
于沈阳

风行的日子

总以为
已经习惯孤单
也以为
这是一份成熟与坚强

有你
在身边
就有安静的陪伴
这份安静，不同寻常

有你
就有过去，就有现在，就有明天
还有静静的挂牵
美丽的梦想

有你
就有安稳，就有温暖
还有异乡城市里那一房间的亲昵话语
那一房间的百合花香

有你

就有此生

哪怕此刻万般憔悴

你会串起这份碎思，慰暖它

机场

如风一样

吹撩着你与他的身影

天空划出两道别离的方向

风

吹湿了目光

风

吹痛了飞翔的翅膀

2018 年 1 月 15 日
于 CZ3511 航班上

时光中的那一枚粉红

春天

阳光暖暖，和风款款

还没来得及想起

还没来得及看你

你已经抽了新芽

你已经绽了新颜

粉粉的，淡淡的

以你独有的漂亮身姿

开满了此刻春光和煦的大地

还是那害羞的姑娘吗

总爱把美丽的身影掩藏在春风里

一滴晶莹的露

滴成含羞的泪

所有的欢喜

都剔透得如那一瓣一瓣的新开花蕾，淡柔而清雅

为懂你的人

悄悄地涂上粉红的妆

不管不顾地悄悄开放

还是那纯真的姑娘吗

总爱把青春的身影藏在花丛里

一瓣粉红的脸

一叶清纯的眼

所有的爱恋，不与人道，不与人讲

幽居心上

落葬成泥

淡淡的清寂，被你收藏

纯美的繁花，尽情绽放

还是那带着情愁的姑娘吗

记得，那繁花季节里你的歌唱

记得，那芳华时光里你的芳香

那刻时光

岁月泛着光

光阴含着香

色之夭夭，雅之俏俏

每一枝

都安放着，你在不老时光中回首的刹那

把一枚心语，写成一枚粉红

把一段时光，写进一段诗行

把花，把诗，装进信笺里

那也是曾经装有你花信的邮递

然后，静静地

站在时光陌上，站在我的半亩花田上

等着花期，等着伊人到来

却总是，错过了绽放
总隔着，一枚花瓣的距离

于是
慢慢地懂得，不再强求，搁下心来
简单地行走
纯粹地喜欢
总有一枚花瓣滑落眼前
终有一间驿站停靠漂泊
阳光暖透心扉，粉香熏染红尘
折一枝，摘一朵
那一枚温润的粉红，就是懂我的遇见

美丽的姑娘
你说，你最喜欢桃花
喜欢她，粉红着脸羞羞答答的表达
喜欢她，情愫总会如期抵达
静静地开，轻轻地落
不慌不乱，不惊不扰
不期而遇的欣喜，或可有，或可无
时光的风烟早已纯净
纯得如清淡的茶，净得如消逝的时光

心爱的姑娘
昨夜一场雨，满地繁花
岁月却仍在花枝
珍藏了与你一起的静好时刻

剪一枝，拾一朵

你的羽翼轻轻而起，牵绊着眷恋的相思

繁花落地成诗

风吹花落下，雨打花凄凄

一片花信语，入帘相依依

2018 年 3 月 28 日
于昆明

美美地看着我

站在
我的身旁
看我
美美地看着

我已不记得，曾经在哪里读过这样一首小诗，小得玲珑简素，小得在灯下都无法泛起身影，所以，哪怕曾经读过，也曾经欢喜，但从来没有想起。

今夜，一人，灯下，看书。

窗外，小雨，滴答，不停。

打开窗，一阵风窜进房间，吹着我的面颊，感觉有点凉，这丝冷，划着眼眉，划着肌肤，一直划到心里，一阵冰凉。

这种美妙，我喜欢。

就这样，我想起了这首小诗。

每个人，都有两个自己。

一个是身子，一个是影子，形影不离，但这种幸福，需要美妙的光。

一个是躯干，一个是灵魂，相生相守，但这种厮守，需要健康的心。

一个是追逐，一个是守候，相随心系，但这种陪伴，需要纯净的爱。

就这样，我去理解这首小诗。

亲爱的，我希望，你站在我的身边，看着我，幸福地看着我。

例如，此刻，你可以挽着我的臂膀，依偎在我身旁，靠着我的肩，与我一起候着冬天慢慢地到来，然后阅读冬天；也可以与我一起读这夜风，读这夜的小雨，静守夜的宁静。

如果，快乐了，我们互相凝望，可以在眸子里阅读款款深情，那是满满的幸福。

如果，幸福了，可以闭上眼睛，静静地听夜风拂帘、听冬雨滴落，那是深深的懂得。

夜风带来潮湿，温润着干燥的冬天。安宁送走漂泊，守候流年的离去。

站在
我的身旁
看我
美美地看着

这种感觉，如此惬意。

可是，这样的呼唤，是怎样的思念，是怎样的牵绊？

这样的思念和牵绊，是怎样的深刻，是怎样的遥远？

今天，冬至，很多朋友发来微信问候我、关心我，我的心在寒冷的冬季升起太多的温情和暖意。冬季，充满了告别，充满了别离，充满了叹息，但也充满了温情。

一年，如此匆匆，不知不觉，已经冬至。

一年，365天，原本漫长，原本可以多少次去数天际流星，可以拾起多少春华秋实；原本可以听多少温馨歌曲，可以静候多少夏月冬雪。

可是，匆匆去过的城市，没有留下一丝美丽；匆匆变迁的四季，没有留下一叶风景。所有的来来去去，我都只是城市和季节的过客，没有留下一抹身影和一行足迹。

所以，我多想，你就站在我的身旁，一起看时光风影，守候着某夜到来的今冬最后的一场飘雪。

多想，一场飘雪，在冬至时节，来到我的窗前，我打开窗拥抱你。

在这即将别离的时光里，我打开心扉，走出房间，走到洁白的世界里，让片片雪花滑过眉梢，贴在脸庞，贴在心扉，感受雪的冰凉，撑开十指，捧起洁白的雪花，捧起一个浪漫的冬季，捧起属于心灵、属于雪的诗意冬天。

或许，就是，捧起了你。

一场飘雪，多么让我欢喜。我知道，你也是爱着雪的，你是那样热爱它的晶莹与剔透、洁白与自由，你像雪一样，翩翩舞，微微笑，那样舒缓，那样静谧。

你站在雪地里，美美地看着我，看着我的简素和纯粹，欣赏着我的满足和快乐。那一刻，我幸福地流下泪水，有你陪伴，有你懂得，我是多么幸福和欢喜。

然后，在一望无垠的雪白大地上，我聆听着你的足音，看着一行深深的足迹，望着你自由轻盈的身影。

我，轻声呼唤着你的名字。

在雪域大地上，我用手指，写下你的名字。

2016 年 12 月 21 日冬至
于山东临沂

清晨，懂你

昨夜，一场渴望已久的雨，来到沈阳。

雨不大，但淅淅沥沥地下了一晚，雨滴打着树叶，沙沙地响，在安静的夜里，这种声响，仿佛心雨一样，轻柔而细腻，给夜带来更深的安宁。

斜倚床头，细数时光流淌。轻轻闭目，享受夜阑处的温柔。

听着雨，听着风，入夜。

晨曦醒来。

夏日东北的清晨，尤其是雨后，格外让人舒坦。

阳光，照亮了整个世界，穿透着辽阔的大地，仿佛光亮的天使，穿过玻璃窗，涌入房间，流淌到床单上，轻轻地、暖暖地覆盖在我的身上，吻着我与爱人的面庞。

空气，带着无数的负氧离子和润润的水分子，充满着家里的每个房间、每个角落，心境美妙至极。

起床，对着窗外世界，让阳光照耀，身体明亮通透，甚至飘逸得失去了重力，这难道就是心在飞翔的感觉？

打开心扉，深深地吸一口，眼，按捺不住。

打开心扉，深深地吸一口，心，飞向远方。

孩子、爱人与我，一个幸福的家。

在雨后的清晨里，我们温馨地笑着、谈着、跑着步。世界静好，天空湛蓝，比大海更蓝、更辽阔，偶尔一朵白云，在天空上舒缓移动。

一湖库水，静如镜，蓝得无法言语。库水倒映着广阔的天空，倒映着时空里所有的风景。静静地看着、想着，你会觉得水底有个隔世的世界，没有凡尘，没有惊扰，静止如画，清澈如眸。

安宁的心，收纳了整个世界，仿佛天堂童话，里面装着所有的幻想和美丽……

浅山，躺在大地的怀抱。

阳光哺乳着这浅山，山里的精灵与孩子快乐幸福。

燕子，在东北这块土地上，没有一点陌生和不适，在蓝天白云里，自由地飞，清脆地叫，快乐嬉戏。

大雁，滑过天空，不断下坠，在接近大地和库水的那一瞬间，快速升腾，升腾到天空的高处，然后潇洒、自豪地高亢欢唱，划破了整个清晨的安宁，唤醒了山里所有精灵，万物活跃起来。

于是，听见了昆虫蠢动，听见了蛙鸟映语，听见了晨风吹米。

晨风，划破平静的库水面，在阳光里一下子碎了，波光粼粼，金光闪闪，仿佛千万双充满生机的眼睛，仿佛千万颗光亮的心灵，仿佛一行行干净的诗。

一只、两只、三只……一群野鸭不知道什么时候，也来到库水里，自由地游、自由地沉、自由地欢腾。

浅山，库水；蓝天，白云；阳光，晨风；昆虫，飞鸟。清新的空气，早起的人们……

世界融融，天地一色。

一家人慢跑在白杨树林。

东北的白杨树，在夏季展现它们最美妙的光景，炙热的阳光、湿润的土壤，让它们在清晨里格外欢乐，幸福生长、欢颜。一缕风，轻轻过，白杨树，轻轻舞。

树叶轻轻晃动，白色的背面和绿色的掌心面交叠着，在阳光里反着光，仿佛少女穿着多彩衣裳在舞动着，这是东北的一道别致风景。

树叶晃动，晨露如雨，款款纷飞。一滴、两滴、三滴……

滴滴落下，阳光穿透，如珍珠般璀璨，如精灵般梦幻。落在眼眉，眼睛明亮；落在脸庞，晶莹剔透；落在肌肤，凉爽如玉……吸到嘴里，如甘泉，神清气爽；浸入心里，如天使，冰心洁思。

牵着爱人的手，看着长大的孩子，仿佛回到了青春时光。

牵着爱人的手，并肩走着，看着孩子奔跑的背影，幸福无比。

孩子高考完毕，通过他的努力，将会走向新的人生阶段，作为深爱孩子的父母，需要做的，就是充分懂得孩子的努力，并为孩子的青春祝福。

阳光穿透雨露，穿透我的灵魂，我迷恋这静谧时光。

我的年轮，也仿佛被穿透，晶莹剔透。

2017 年 6 月 28 日
于沈阳到广州的航班上

你的眼睛，那么遥远

深秋夜空，挂着一轮弯弯月。

这份淡雅，这份柔白，好像眼睛，思念遥远。

好久没有感受过这份思念的美妙，好久没有在这样的静夜里，把思念放飞，去思念陌上红尘、秋水丽人，去思念衣香倩影、水畔伊人。

所以，哪怕是欧洲之行的回归初夜，时差还没有倒过来；哪怕困顿和疲惫泛上身躯，我都停止不了思绪，固执地把自己放在这月夜里，任由月光把自己抚摸。夜深花寒，独倚窗台。

好久没有这样想你，所以又多了一些忧伤。

美丽的姑娘，从来没有想到我们的爱情会如此遥远，在这样的夜里，我独自看着一轮弯月，一双眼睛流下太多泪水。

此刻，疲惫的我想把你依偎，让温存陪伴着自己。可是，距离遥远，我只能看着这淡淡月光，深深想你。

很多时候，总以为自己很坚强，总以为已经习惯。可，每当漫漫长夜、月色静泊，我的坚强和习惯便不堪一击。

此刻，爱仿佛是一场苦僧远行，与夜相守，星月相怜。

此刻，忧伤在远行。一个人，等待着划过时空的归依。一双眼睛，那么遥不可及。

好久没有这样想你，所以多了一些疼痛。

这世界，最不可辜负的是爱情，最不可思念的也是爱情。

美丽的姑娘，你就是爱情的信徒。在你的生命里，在你的眼睛里，无论欢愉还是失落，无论相守还是追寻，不知道哪道咒把你困住，你仿佛闭上了眼睛，关上了泪水的闸门，忘记了苏醒。

我不知道，是哪股勇气，让你无怨无悔放纵你的爱去远行。

我不知道，是哪股力量，让你一个人独自静守在他乡这么多年。

我不知道，是哪份坚毅，让你义无反顾地选择了默默地独自坚强。

美丽的姑娘，你知道吗？

你的坚强，让我如此忧伤，如此疼痛。我知道，你紧闭的眼睛，充满着你对爱情付出的艰辛，对爱情选择的寂寞，对爱情守候的感动。

美丽的姑娘，你知道吗？

此刻，我的思念，是一个疼痛的吻，多想吻干你的泪水。

可是，你的眼睛，那么遥远。

好久没有这样想你，所以多了一些孤单。

很多时候，以为旅行可以让自己闲适下来，以为美景可以让自己忘记孤单的忧伤和疼痛。这段异国之旅如此美妙，在某一刻，可能忘记了自己，甚至忘记了世界。

可是，旅途的欢畅和忙碌，阻挡不了长夜静月的到来，阻挡不了深刻思念的强烈升起。

我知道，你的爱，一直还在那里，无论距离遥远，不多也不少，没增也没减，正是这份平淡，让我更加思念，让我更加期盼。

如果这段旅行有你，将更浪漫；如果这份闲静有你，将更美好。可是，所有的照片，都没有你的身影，风景是那样孤单，缠绵是那样无言。

此刻，若你在身边，我可以给你看一张张的照片，给你讲一片片的蓝天，与你分享旅行的风景和际遇。可是，这些都只是美好的奢望。

美丽的姑娘，此刻我对你的思念，特别强烈，却如此遥远。

美丽的姑娘，我的双眼，此刻，流下了太多的泪水。

我知道，你的眼睛，那么遥远。

难道，你我的情爱，真的就要这样，用不绝的牵绊、忧伤、疼痛来相望？

难道，你我的爱情，真的就要这样，用思念来兑现，用灵魂来相依相守？

此刻，深秋长夜，月下窗台，一双眼睛，泛起了遥远的思念。

突然，读起了林徽因《深夜里听到乐声》中的美妙诗句，如果能像她那样有清醒的梦想，不为爱情所伤，今夜的孤单，或许有些难得的慰藉。

这一定又是你的手指
轻弹着
在这深夜，稠密的悲思

我不禁频边泛上了红
静听着
这深夜里弦子的生动

一声听从我心底穿过
忐凄凉
我懂得，但我怎能应和
…… ……

2016 年 11 月 21 日
于广州

又见雪，伊人在何方

别梦依依到谢家，小廊回合曲阑斜。
多情只有春庭月，犹为离人照落花。

今夜，再回沈阳，家已不在，只能寄居酒店。

拉开窗纱，窗外街灯昏黄，白雪覆盖了城市街道，清清冷冷。

今夜，约人谈谈行业与工作；然后一人，伏案办公，让工作抚平失落。其实，这样的时分，适合盘坐在窗前，微开点窗，吹吹风，让凡尘清净。如果再有情趣与心境，也可煮茶看月，静守雪夜。

停歇脚步，放下执念，隐于城市角隅，极尽简素，极尽清雅，远离城市繁华，洗去点点浮尘，看着帷幕拉起，看着人流落幕。

心与世界，慢慢静止。

好久，没读诗。

今夜，所有事务完毕，却了无睡意，翻先秦诗经，读大唐诗韵，在这个曾经无比熟悉的城市，感受着人间聚散与过往。北方的雪，在今夜，把匆匆的过客淹没在情绪里不能自拔。

一家三口，十年东北生活。时间是个很奇怪的东西，它总能沉淀岁月，过滤爱恨。在不知不觉中，或许自己都未发现，自己对这座城市有了一份情怀。

许多曾经，萦绕不去；许多过往，牵绊心头；许多烟雨，沾湿衣襟；许多飘雪，滑落眉梢。

今夜，再回沈阳，一程踏雪，升起许多感触。把惆怅还给夜色，把故事还给岁月，把离愁还给飘雪，把记忆还给自己。

认真想一程，我自己都不知道，这份感触何时而来，为何生，往何去？

今年的沈阳，很少下雪。

或许是眷顾我，昨夜，一场飘雪，把沈阳装扮得晶莹剔透。

剔透的世界，需要用剔透的灵感与诗心来感受。我感谢这份眷顾，这份眷顾就如一场相遇，无论缘深缘浅，总能在我的心里升起一些悸动。

很少有人不喜欢雪，雪是一场生命的梦，如诗如幻。

今夜，与两位南方来的同事一起吃晚餐，说起昨夜的这场雪，他们激动不已，手机里有无数张雪的照片。他们遇见了未曾遇见的美丽，这将成为他们难以忘怀的记忆。

沈阳十年，每年入冬之后，我就会守盼着雪的到来，仿佛在等待深爱的恋人。

有时，她会如约而至。有时，在等待与期盼中，她姗姗来迟，偶尔若隐若现，偶尔漫漫天涯。

无论怎样，每当雪至，我都会走到旷野，深入她的腹地。无边无际的雪铺满大地，万籁俱寂，没有痕迹，全是她洁白的身体。

那一刻，我无法控制自己，捧一把，贴手心，认真端详，用自己的温度把她融化，然后喝进嘴里、流进心里。

那一刻，我无法控制自己，我躺在她的怀里，倾听着她轻歌曼舞的声音，与她相依。她把我覆盖，把我拥抱。

那一刻，她懂得我无声的情怀，她用她轻盈的身姿，为我翩翩起舞，迷着我的眼睛，迷着我的心扉。我伫立或躺在她洁白的世界里，她划过我的眉梢，划过我的脸庞，然后沾在我的衣襟，或滴入我的肌肤，冰凉冰凉。

片片雪花，如眼睛，闪闪晶莹。

漫天飘雪，如胸脯，轻轻相拥。

每当那时，我的伊人一定在我身边。

在沈阳，伊人与我相依相守十年。雪，是我们在东北最美丽的记忆和最珍贵的见证。

她最懂我。每当雪季，她会围着长长的、红红的围巾，戴着红红的手套，穿着洁白的羽绒衣裳，陪着我，一起在雪地上走，不停地走，走在辽阔大地，走在乡野小道。大地上留下一大一小相依的两排脚印。

伊人调皮地摇摇树枝，然后张开双臂，迎接着雪雨，雪雨把我俩围绕。

伊人调皮地捏个雪球，偷偷地放入我的颈项，融化的雪水很冰凉，嗖的一下，滑到我的背上。然后，伊人调皮地看着我说：帅哥，冷不?

帅哥说：不冷，我也给你来一个。

我的伊人，满怀大笑地逃跑了，跑在湖堤岸，跑在雪域大地，跑在白杨树道。洁白的雪地上，留下了一行玲珑脚印；洁白的大地上，一条长长的红围巾与长长的秀发一起飘舞着。我的伊人，如天使一般，幸福自由。

伊人说：帅哥，你不是长跑健将吗，追我呀。

然后，我听见一串串天籁般、快乐的笑声。那一刻，我心温暖；那一刻，我心幸福。

伊人跑累了，如小鸟一般，回到我的身边。红红的脸蛋，绽放着青春的、幸福的微笑，呼出着长长的雾气。我把伊人搂入怀抱，好好怜爱。

我说：亲爱的，冷吗?

伊人说：帅哥，不冷。雪真美，美如童话。

我说：亲爱的，你真美。

伊人说：我的诗人，写首诗吧。

我说：亲爱的，你就是上天馈赠给我的最美的诗。

大地漫

雪无边

娇姿倩

影相连

红衣，带上一串笑

踏雪，痕上今生缘

伊人但凭三分色

不醉红尘心生澜

心生澜

爱你如雪

雪无边

伊人，依着我肩。雪漫，雪柔，把我们围绕。多么渴望，让大雪把那一刻凝固，把那一刻定格，然后永远，然后永恒。

十年，一瞬间，被岁月抛在了后面。

可是，十年怎么可能是一瞬间？它是我与伊人三十芳华的烟雨人生，这曾经的十年异乡时光，收藏了我与伊人相厮相守的记忆，收藏了我与伊人简素清辉的故事。

这十年，惊艳了我的时光；这十年，温柔了我的岁月。

所以，此刻深夜，我翻读着南唐诗人张泌的《寄人》，如听着一段冷寂古调，如拾起一枚凋零落花，心境漂流，情绪辗转。

一个人，看窗外雪，看清冷月，我的心，生起孤单。想起了往日时光，可伊人已不在。我的心，思念无边。

所以，这刻，我认真地品味着一千多年前的那个晚上，阅读着那位叫张泌的诗人。

那一夜，或如此刻，如我般思念深爱的人。

那一夜，张泌思念曾经的女子，可是，他知道早已物是人非，他早已彻底失去依依不舍的她。谢家的窈窕女子，如今何处，是已人妻，还是守闺中，他都一无所知，只能在梦中，把她归依。

那一夜，张泌怀梦千里，梦回伊人家。

伊人生于谢家，谢家长长的回廊仍在，曲折的栏杆仍在，依然那样熟悉。曾经卿卿我我，曾经风花雪月，曾经倾心芳华，曾经小鸟依依，曾经身儿倚依，栏杆依然印着张泌抚摸过的痕迹，回廊依然飘荡着伊人的踪影。

春月还在，春夜多情。可是，那望月的伊人，在何方？

满庭月色，月色依然多情；满庭落花，落花依然多情。可是，相遇相知，爱恋情愁，已经落寞，已经遥远。

深夜两点，无论怎样，不能再继续，否则，这段千年前的故事会把我曾经十年的记忆掘起，那样，我将彻底不能自已。

起身，窗外，城市街灯已经熄灭。拉上窗纱，卸下一夜的清愁。

合上先秦诗经。

蒹葭苍苍，白露为霜。所谓伊人，在水一方……

2018 年 1 月 16 日
于沈阳

NI LAIDAO LE
WO DE SHIGUANG

你来到了我的

时光

第六编　思　绪

思绪不老

Thoughts never become old

想一个人

写一封信

守着点点繁星，风月静静走过

煮一盏茶

读一首诗

听着轻轻细语，心路软软着落

思绪，如尘埃

落在你我不了的红尘里

她，可以不老吗

…… ……

雨　语

风
一阵一阵
轻拂的声音，和着大地的呼吸

雨
一线一线
轻柔的线条，揉着季节的身姿

春
所有蕴藏已久的等待，在你怀中
尽情绽放

我
澎湃的心海，那是一片蔚蓝的深沉
这样的季节，毫不犹豫地寄出，对你深刻的相思

风
是懂我的，怒放了花瓣
每朵花瓣，都用最美的红，写满你美丽的名字

雨

是懂我的，所以晶莹了诗意

每一行诗，都用最透的露，表达我淳朴的气息

你

在哪里，我乘着风，迎着雨，踏着潮汐

想向你，朗诵一行与爱有关的句子

风

一阵一阵

起风的季节，是否有谁，在相思的远方迷失

雨

一滴一滴

多雨的季节，是否会把，写满相思的诗淋湿

2018 年 3 月 7 日

于杭州萧山国际机场

（谨以此文献给"三·八"国际劳动妇女节）

心若简素，雨如秋凉

世界太小，很多情缘总是说不清，几十年未曾到过的南京，不到十天，再一次与它相逢。

十天前，南京匆匆一程，只在玄武湖边跑了两圈，关于南京与玄武湖的感知，还没有从书籍中来得更多、更深刻。可这次行程安排，依旧匆匆。

昨夜，航空客服小姐来电话说，因为台风，航班取消，心情略有不爽，但真实感觉挺好，这下可在南京稍作停顿，走走、看看，好好阅读这座城市。

可今晨，大雨，所有的想法都随雨而去，再次与南京擦肩而过。

一个人，伫立在 23 楼的玻璃窗前，听窗外淅淅的雨声。大雨成雾，使整个城市、整个玄武湖烟雨氤氲，湿漉漉，朦朦胧胧。

大雨，模糊了视线，淹没了城市的身影和风景，紧锁住我的眉头。

沏杯茶，茶香升腾，在陌生的城市，感受着一份难得的静好和亲切。

岁月如水，静静流淌，独自往来，不经意地悠然滑了过去，却在悠然间，留下了一丝莫名的感伤。

　　此刻，静下来，感觉时光有些老了，老在阳光未到的清晨，老在汽笛喧嚣的异乡，老在烟雨朦胧的玄武湖畔。

　　此刻，静下来，感觉岁月有些瘦了，好像失去了人间繁花，好像失去了春暖花开，好像失去了阳光雨露。

　　匆匆的脚步和背影，穿越着一座一座的城市，跨越着一季一季的风景，却没有留下一道痕迹，一点影踪。

　　此刻，雨滴清脆，红尘散尽，独处安宁，干净凉爽的静美时光，与纷扰无关，与追逐无关，一场仲秋的雨，独自静好。

　　这份安宁，恰到好处，雨润无声，无语堪然。

　　心如简，删去纷繁，删去愁绪，甚至删去牵挂。

　　这些年，常年漂泊，我的爱人常对我说，一定要爱护好自己。

　　譬如此刻，可以在安静的窗前，捧一本书，可以是诗集，也可以是小说，甚至可以是儿画，静静阅读。若眼睛累了，可以闭目浅嗅茶香，浸浸心肺；可以聆听滴雨之声，敲敲心扉。

　　也可起身，举眉眼望，一潭湖水静泊凡尘，闲适安宁，眼帘划过岁月沧桑的风情。

　　也可去明故宫，哪怕只是残存的午门与孝陵，依然可以感受历史的泱泱大风。

　　也可去雨花台，虽无景致，或许能捡到一枚丢失在岁月中的记忆石子。

　　也可去中山陵，感受青白两色的素淡和红黄两色的寝陵恢宏。

　　钟山影里看楼台。江烟晚翠开。六朝旧时明月，清夜荡秦淮。
　寂寞处，两潮回，黯愁怀。汀花雨细，水树风闲，又是秋来。

　　登临送目，正故国晚秋，天气初肃。千里澄江似练，翠峰如簇。

归帆去棹残阳里，背西风，酒旗斜矗。

一段古诗，一段故人情怀，沉淀下来，静候在城市，等候着知念的人，大美哉。

心若简素，雨如秋凉，情愫自来。

在宁静的清晨，安放好自己的一颗心灵。

忽觉得，这世间最近的也是最远的距离，是心与岁月的距离。

你若静好，一叶秋黄，一滴秋雨，一抹秋凉，一丝秋意，就可以饱览岁月和历史的变迁，一扇窗的风景，就是几千年的历史与大千世界。

你若烦繁，岁月将独酌清欢。史书凄凄，沧桑遗世，所有的缘来缘往、盛开凋零，甚是堪怜。

窗子前，心素如简。

细雨中，叶落知秋。

梁实秋说：寂寞，是一种清福。

寂寞，如空阶听雨，如陌巷悠逸，如月影僧房，心灵自然豁达开阔，灵魂自然顿悟。

安逸在这份清福里，简素的自己，在窗前卸下一身的尘土，独自静躺在心灵里，思人生，看雨落，读秋意，近自然，翻纸墨诗册，品文愁字意。

忽然，觉得，窗前的自己，就是一道风景。

风景也是十分静怡、清雅、踏实、简素。

风景只需两三枝，烂漫只需三两叶，窗里的这颗心灵，如水晶般，一尘不染，晶莹如玉，剔透如雪，简素如雨。

南京，陌生的城，但你我无须相知。

这秋意，我曾走过，也无须留载记忆。

这些想念，这些遇见，这些流连，在转身之间，或许无一丝痕迹，
然而这份无痕过往，简素到恰好，少了凡尘纷扰。

秋意中的南京，守着萧瑟的季节。

我，背起行囊，在熙攘的人流中，挥挥手，告别一城的静好。

秋雨，我来，你在；我走，你还在……

南京，我来，你在；我走，你还在……

2016 年 10 月 26 日
于南京玄武湖畔

我想要的幸福

这些日子，身体有些小恙，于是就有了一些不得不静下来的时间。

已经很多年不见的朋友、同学和发小打来电话问候，彼此用朴素的语言交流着，谈得最多的，还是幸福。

每个朋友谈到幸福，都有幸福的原理和自己的故事，以及对幸福的向往和憧憬，真情地流露着。

电话后的平静，让我也思考起关于幸福的话题。

这些日子里，我认真地读了些书，其中一册，就是 200 年前法国伟大的启蒙运动教育家卢梭的名著《一个孤独的散步者的梦》。书中有一段话语，让我深深思考。

如果世间真有这么一种状态：心灵十分充实和宁静，既不怀恋过去也不奢望将来，放任光阴的流逝而紧紧掌握现在……无匮乏之感也无享受之感，不快乐也不忧愁，既无所求也无所惧，而只感受到自己的存在……处在这种状态的人就可以说自己得到了幸福。

我是幸运的，因为我跨越了两个世纪。

随着新世纪、新时代的到来，经济与文化、信息与生活快速地实现了全球化，这种变化布满每个角落、每个空间，无论你愿意还是不愿意，主动还是被动，我们都在潮流中走向和拥抱世界，世界也在潮流中拥抱和涌向我们。

身处这样的时代，任何事，你都不可能置身其外。

就如一场比赛，人人都在不断地奔跑。你我的身边，每天都有川流不息的人群，他们可能是同事、客户、同行，更多的是擦肩而过的陌生人。只是在那一刹，他突然出现在你身边，也必须出现在你身边，与你一起，从这个地铁站到另外一个地铁站，从这个城市到另外一个城市，甚至从这个国家到另外一个国家。

前进路上，你有很多人陪伴，好像你从来不会孤独。

可是，你又会觉得，在这个世界里，在来往匆匆的行程里，却又无限孤单。你身边闪动的每一双眼睛，都是那样陌生，彼此望来望去，却毫无瓜葛。没有一双眼睛在真正地看你，在细细地阅读你。

如果，安顿下来，安静下来，仔细认真地想。

你会发现，这个世界与我们初来的时代相比好陌生，很多年少的时光，已经远去，甚至忘却。

你会发现，我们越来越不像自己，至少不像初心的自己。

你会发现，我们走过很多的长路，却没有哪道风景与自己深深地相恋，也没有用至美的文字来记录它，留下的，只是一张与身影有关的照片。照片是彩色的，但故事却是苍白的；照片是清晰的，但风景却是模糊的。

你会发现，我们去过很多远方，却没有一个城市让自己深深铭记和欢喜，或许，正是因为去过的地方多了，留下记忆的反而少了。

你会发现，再也没有让你激动的远方，再也没有激发你灵感的出行，再也没有让你神往的天堂。

每次远行，都像例行公事，驿道与驿站冠名了你的行程。

随着时代的发展与社会的进步，我们的经历与见识日益增多。我们只要放目，就可以饱览整个世界。于是，我们仿佛懂得了这个世界，世界仿佛就在我们的眼前。

可是，你闭上眼睛，静静思考。

你会觉得，你与世界其实很遥远，世界与你其实很陌生。

你的眼睛，可以阅读世界，可是，五彩的世界让你的眼睛很缭乱，很模糊。

你的眼睛，很自我，却没有真正的自由。

你的眼睛，很干涩，没有了幸福和晶莹的泪光。

在我的工作总部，在偌大的广州天安科技园里，这里到处都是少男少女，到处都是靓男靓女。但，每天早晨，在匆匆的人流中，我看到的是一双双紧张而无神采的眼睛。

每天早晨，在写字楼的电梯里，我看到一副副疲惫的面容，虽然依然在说着早上好，可是脸上没有真心的笑容。

为此，我深深地责怪自己的眼睛。

闭上眼睛，静静思考。

你的心，可以装下偌大的世界，却不知为何，装不下小小的家乡。

你的脚步，可以抵达遥远的城市，却不知为何，从未抵达向往的地方。

你的梦想，可以赋予伟大的使命和责任，却不知为何，越来越偏离你幸福的方向。

我们曾以为可以主导世界、主导未来、主导明天，但仔细想，关于世界与未来，你我能主导的，其实什么也没有。

太多时候，你我都如一颗尘埃，虽然一定会有停息的角落，但飞往哪个角落，哪个角落真正属于你我，不是你我在做主，永远都不是。风一起，你我又被吹向远方。

就如，很多城市房间，例如家与宾馆，我们都曾拥有，但在现在的时代与社会里，这些终归都不是我们的，都不属于你我。

就如，儿时，我的家，在故乡，已成乡愁。

就如，婚时，我的家，已经拆迁，已成记忆。

就如，那时，我的家，在成都，以为成了城里人，但那里已是第二故乡。

就如，往日，我的家，在东北，一居十年，可前些日子，当我打开房门，房间里空荡荡的，充满发霉的味道，在那里，我再也找不到家的味道，心里空空荡荡，没有着落。

就如，此刻，我的家，在广州……

可我才半生，甚至小半生，我还有长长的余生。每一次关于家的购买与购买地的选择，细细想来，都是时代在做主，都是时代的变化与发展在做主，与我有关的就是掏钱，然后置身其中而已。

突然，我好像明白了孤单的含义。

真正的孤单，不在于你是否独处，而在于你是否寂寞和惶恐。否则，哪怕你处在沸腾的人潮中，处在繁华的都市里，心依然会寂寞得萧索，像秋风掠过大地一样的荒凉。

突然，我想到与幸福有关的三个词语：未来、余生、来生。

很多年，我读不懂，也区分不开这三个词，可是，这些时间的小憩，让我懂了一些。

未来，是以今天为起点的延伸。

余生，是以结束为终点的溯回。

来生，是以结束为起点的轮回。

如果，你快乐幸福，你会喜欢谈未来；如果，你淡泊超脱，你会喜欢说余生；如果，你孤独痛苦，你只会喜欢说来生。

来生是隔世的寄托，余生是隔空的希望，只有现在，才真实地属于你。

人的一生，无论你多成功，无论你多光艳，未来只是美丽的憧憬，是一段可能相遇的风景，并非一定属于你。

但，余生如同明天，它一定会来到。只是，谁也不知道，幸福与意外谁先到。

先到的，或许就是我们常说的命运。

写着，写着，时间在夜里有点凉、有点深。

感觉有点累了，眼睛与十指在屏幕前与键盘上都累了，或许，心也有一点微微的累。

卢梭说，人生本来是自由的，但无往不在枷锁中。

卢梭说，对于一个善于理解幸福的人，旁人无论如何也不能让他真正潦倒。

曾经有段文字说：她那时还太年轻，不知道所有命运馈赠的礼物，都在暗里标明了余生的价格。

当我理解了这句话，我肯定，余生就是未来，有余生才有未来，有余生就不需要来生。

我想要的幸福在哪里？

或许，就是余生。

我想要的幸福是什么？

或许，就是一份简单、一份宁静、一份自由。

其他，都不属于自己，都与幸福无关。

2017 年 8 月 15 日
于贵州遵义

玫瑰又开放

今天，情人节。

订来一枝玫瑰，却没有送给谁。

于是，我泛起了愁。

于是，我想起了青春，想起了你。

你是谁，你是曾经让我萌动的那个女孩吗？

我与你，是否真的曾经相遇，是否真的曾经相遇在青春年华里，是否真的曾经相遇在盛开着玫瑰的春天里？

如果，真有曾经，我就在春天里等着你，等着为你种下一枝精美的玫瑰，然后绽放，然后采摘下来，送你一片芬芳的蓝天。

古人云：遇者，不期而会也。

诗人说：人生，是一场美丽的遇合。

我相信，生命中所有美丽的宿命，都会在某个路口遇合。所以，我在春天的情人节里，静静地等待着美丽的际遇，等待着你来到玫瑰盛开的季节。

可是，你那么遥远。

不知，你那里好吗。

情人节，连风月都会多情，何况娇艳的玫瑰，何况灵动的心扉。

美丽的色彩与幻想，在季节里向我扑面涌来。

可是，你那么遥远。

没有你，季节多了哀愁，心绪多了失落，玫瑰花，我送给谁？

玫瑰，美丽的玫瑰。

如果不能送出，花瓣将要枯萎，花瓣上的露珠将要破碎。

情人节，在今夜，仿佛一段青春，忆起长长的过往；仿佛一个瞬间，定格美丽的记忆。

终于明白，我的玫瑰，原本就不期有人与共，而只是一份感怀，感怀爱恋遥远，感怀岁月漫长。这份感怀，或许是初心，或许是挂牵，或许是在水伊人的回眸。这份感怀，在此刻的情人节，修得静好。

订来的玫瑰，哪怕没有寄出，也可芬芳自己。

让春天的阳光，温暖玫瑰的花瓣，仿佛抚摸着伊人芬芳的脸庞。

让天上的月亮，静静停在夜的中央，缀满掬满思念目光的窗台。

给季节一朵永不凋零的玫瑰，让爱终身不变。

给岁月一抹绵长静柔的芬芳，让爱温馨浪漫。

伊人，情人节里，我想把玫瑰情纯意长的气息送给你，我想把玫瑰娇艳可爱的美丽送给你，我想把玫瑰清爽直接的表达送给你。

然后，告诉我深爱的你。

此刻，是一个可爱的春天，世界与情感里充满着阳光和温暖，玫瑰鲜艳地盛开着，世界充满欢颜，时光美妙四溢。

爱就在此时，未曾远去，不远不近。

爱就在身边，风雅静谧，不舍不离。

爱就在诗里，在水一方，不走不忆。

爱就在心上，初心静好，不纷不扰……

　　玫瑰，盛开在情人节里。订一枝，不要送出去，留给自己，收藏起来，把她变成至美的诗句。

　　缘分是相思的归依，依恋是不老的浪漫。

　　一瓣玫瑰花，一枚心的寄语，瓣瓣缠绵，浅浅如笑，时光凝结，幸福荡漾。

　　闭上眼睛吧，让情人节的月光映影，来一段深情的告白。

因为前世相欠

所以今生相遇

在最美的年华里

在最对的时间里

你，来到我的时光里

执着手

印着心

镌上情

送你一枝玫瑰

永远爱着你

　　　　　　　　　　2017 年 2 月 14 日情人节

候机楼，冬日阳光轻轻流淌

机场贵宾室里，独坐窗前，一杯茶，一本书，时光美妙温润。

阳光穿过玻璃幕墙，带着冬日的安暖与闲静，把时光的匆匆缓缓地沉淀在身上，穿着厚厚的服装、围着羊绒围巾的我，感觉有些微汗，才醒悟，我已到江南，不在北国。

生活，无数次遇上这般平凡的日子和瞬间，周而复始，行路匆匆。静下来的此刻，感觉微累，于是，闭一会儿眼睛，或翻几页文字，或品几杯清茶，慢下脚步，让心小憩，用一份闲适，将细碎的时光拼凑起来，直至思绪波澜不惊，美妙不已。

静下来，有些懂得。

很多时候，不是时光在折腾我，而是我在折腾时光。

清浅时光，似水流淌。

还没看够一叶知秋的美丽，却又是一年冬季。

细想这一年，三百六十多个日子里，去过很多城市，但没有一个城市刻下了我的足迹，没有一道时光涂上了我的华彩。自己，只是时光中的一颗尘埃，身上的闪亮，只是光芒的折射，阳光散去，便没了精彩。

光阴，带着季节的缤纷与凋零，带着季节的温暖与寒冷，花开花落，散落了一地的芬芳，氤氲了生命的一程又一程。岁月的风，不知不觉在我的面颊上刻下了或深或浅的几道痕；我的发，在岁月的风中，染了几丝白。

这几道痕，这几丝白，便是深藏在岁月深处的过往，记载了旅途，定格了时光。

玻璃幕墙外的世界，浅浅冬色，一片静美。

天空一尘不染，蓝得如童话，成朵的白云，依恋着天际。这份多情的灵动，荡漾着生命的涟漪，我好生喜欢这份静美。

静看世间，细品时光，灵魂沉淀安宁，情愫妥帖相依，生活触摸到真实的情感。

于是，在时光停息的角落里写着感动的故事，在时光皱褶的裂痕里收藏下生命的暖香。冬日阳光里，岁月删繁就简，温暖刚好，素色自然。

这份写意，你若懂得，便是安好。

心若安好，无论多远的路，都不会疲惫，无论怎样疲惫，都不会负累。

某些时候，我怀疑自己的情愫分裂。

例如此刻，本是伤感，却泛起温暖。在这机场的陌生角落，没有点滴的熟悉和热爱，却让我倍觉这冬日阳光的诗意与优雅，心里的明媚缓缓抵达，如同阳光执手般温暖，岁月浅淡而安，时光入心而宁。

候机楼里，人潮熙熙，人流匆匆，却都与我无关。

这样的时刻，我不想禁锢思想与眼睛，我把自己完全沐浴在这份冬日温暖之中，对季节的更替，不生一丝惆怅与叹息，流年的烟雨，染指的情怀，谁又能握住岁月的永远？

所以，多想一些关于人生、爱情和亲情的美好与感动，所有曾经遇见的、没有遇见的，所有曾经离开的、没有离开的，都用简单干净的情愫去解读，或许，根本不需要解读，因为都是生命旅途中唯一的温暖，不再重复。

于是，我看着窗外起飞与降落的飞机，阅读着行走天涯的他与我，渐渐地懂得，哪怕很多人与事，哪怕只一个擦肩，但或许，这就是无言的静好，或许，这就是时光给予彼此最温柔的对待。

所以，我更喜欢专程从安徽赶来，在南京机场与朋友小聚一番。这份在彼此陌生的城市里的小聚，不绚丽却精致，不浓郁却温暖，平静而善真，沉淀在心里，生成温馨与感动的情怀。

素冬里，风微凉，心却温暖。

素冬里，这岁月，极致美妙。

一盏心事，懂得，便是来自灵魂深处的欢喜。

若懂得，这时光，便会干净美好，婉约心灵，温润生命。一道冬日风景，一缕冬日阳光，一段擦肩的缘，便会生成一段记忆深刻的过往，相遇便是暖。

温暖，便是最美丽的流年。

在这清闲时刻，做一个清闲的城市过客，做一个清闲优哉的男子，倚窗、饮茶、翻文、读字、沐光、浴暖，阅读冬日情话，细数流云朵朵，让文字与阳光做伴，任思绪飘荡。时光美美，阳光暖暖。

将素冬，镌写成安宁的诗行。

将时光，婉约成柔美的音符。

将阳光，诗意成灿烂的笑容。

在这候机楼，数着平淡岁月，便成温暖文章；读着朴素文字，便成温柔心语。这碎碎时光，恰是人生说不出来的浪漫。

经年后，若再忆起，这美好时光，或还依旧清晰；曾经的这份美好，只是轻轻道一句，心若向暖，便是晴天。

流年，岁月，时光。

机场，冬日，阳光。

悠闲心境，心净无尘，如莲如雪，淡看浮华。在红尘深处，难得闲适时光，虽有些红尘繁华，但没红尘纷扰，看窗外世界，守内心风景，此般悠然，流年便成最美时光。

静静地品读着这一时刻的美丽，我心动不已。

突然，贵宾室的广播传来动听的声音：

各位贵宾请注意，现在是登机广播，前往广州的 CZ3822 航班已经开始登机了，请注意拿好自己的行李，前往 79 号登机口，祝您旅途愉快……

2017 年 11 月 26 日
于南京机场

思绪的泪水

不知道是激动，还是突然触及了什么。

在播恩集团2017年度述职评审会上，在做最后报告时，我没有控制住自己的情绪，声带沙哑，哽咽起来。

都说，男儿有泪不轻弹，但那刻，我不想控制。最后，我还是控制住了。

我的心强烈地呼唤着：O ever youthful，O ever weeping.

其实，我知道，已鬓发染霜的男人，不可能再年轻，眼睛本不该这样自由，不该在那一刻热泪盈眶。

无法继续，只能回到座位，泪满眼眶。

同事们看着，满眼的莫名其妙。我拿着竹编盘里的毛巾，捂着脸，捂着眼，毛巾冷冷的，我擦拭掉热泪，眼眶贴着毛巾，仿佛贴着此刻冬天的冰凉。

我常说，营销人不要流泪，因为市场不相信眼泪，不同情弱者。

可是，不知哪根神经，唤醒了我抑制不住的年轻的心与骤然迸发的情绪。

或许，我是想，用直率的情感，来解读、善待、挥别这不易的一年。

此刻，安静的机舱在夜里慢慢地穿越天际。岁月宛若一双翅膀，飞翔成等待的身姿，星月为伴，轻轻滑行，静静诗语，沉淀喧哗后的宁静，渴望岁月被超度。

宁静与自由，是夜空的浩荡馈赠。月光穿过机窗，轻轻地落在我的梦里，梦境与长空并轨，仿佛人生长长的天际线。

就这样，我匆匆逃离杭州这座无法安置我心的城市。

2017年，有太多的美好和感动。

前几天，孩子晒着18岁的成年照片，孩子长大了，即将到大学去释放青春。自由、快乐、诗与阳光，是我送孩子的礼物。孩子的幸福只与他自己有关，我不想以成人的思想去干预他，那是对青春的亵渎。

这一年，我有了出版物。虽然我只是一名普通的农牧营销人，但我的情愫朴素干净，我愿用诗与远方来坚守初心。《守候静好》能得到朋友与读者的认可，我感到很幸福。

这一年，我与爱人终于结束了三年的两地分居生活，团聚广州，相牵相伴，暖暖幸福。三年前，与爱人、孩子在沈阳桃仙机场分别，我写下了一段愧疚的文字：

以追逐阳光、追逐快乐、追逐梦想的名义，绽放自己的个性，迈开自己的脚步，解放自己的思想，我从来没有拷问、没有自责，在人生路上，从来没有遗憾、没有后悔。

我亲爱的人，也放纵了我的灵魂，放纵了我的脚步……

真的不知道，为什么我会在报告台上突然掉下眼泪。

是幸福，是触动，是岁月辜负了时光，还是一颗心在寒冬里变得冰凉？或许，什么都不是，只是源于自己的善感。

作为营销负责人，我带领着肩负伟大使命的团队，带领着充满创业精神与英雄气质的团队，在 2017 年里，继续高速发展，连续三年领先于行业，顺利完成目标。

原本，我是应该高兴的，可是不知道为何，连喝一壶小酒的心境都没有。

2017 年，我的团队，也取得了精神与物资的双丰收，看着他们的成长与进步，看着他们的笑容与快乐，我心从容幸福。

我是一个感性的人，我不喜欢没理想、没使命、没情感的团队。我喜欢用崇高的使命与大爱的情愫来浇灌我的团队，让他们骨子里充满理想与真诚，然后给他们一片蓝天，一起称兄道弟。

但我懂得营销人的不易，我也必须懂他们。因为，只有懂得，才能深爱。

营销人，常年远离家人，他们用使命和梦想鞭策自己，用青春与汗水成就自己，用热情与毅力鼓舞自己，他们独自承担着家人、朋友不知的不易与磨砺，甚至常常吞咽着孤独的眼泪。

所以，我要给他们鲜花与掌声，我更要褒奖他们以物质与金钱。

营销人，需要精神与物质的鼓励，也值得拥有精神与物质的嘉奖。

任何人，都不能以任何理由去亏欠他们，都不能以任何理由对他们吹毛求疵。他们有很多缺点，但骨子里，他们是可爱的人，是该得到尊重与善待的人。

真的不知道，为什么我会在报告台上突然掉下眼泪。

1 月 12 日，集团对营销中心做了 2018 年的人事任命，看到新任命的几十名总监和总经理，我心滚烫沸腾，我一生的成功哲学就是：用无限的价值去成就团队、成就客户、成就老板。原本，我也立志去成就社会，但我太渺小。

我很爱读托尔斯泰的小说，如《复活》《战争与和平》《安娜·卡列尼娜》等，有句经典，一直牢记在心：

凡是以追求自己的幸福为目标的人，是坏的；凡是以博得别人的好评为目标的人，是脆弱的；凡是以使他人幸福为目标的人，是有德行的。

2015 年初，我追随邹新华先生加盟播恩，记得第一次参加总经理会，当时只有七八名总经理，那一刻，我就认定，这就是我的价值；同时，我沉思了，知其任重而道远，路漫漫其修远兮。

但，天行健，君子以自强不息；地势坤，君子以厚德载物。

今天，看到日益壮大的团队，我的心激动不已，沸腾不止。

真的不知道，为什么我会在报告台上突然掉下眼泪。

或许，是因为这些日子，身体一直不适，我终于停下脚步。静下来疗伤、思考的我，情感泛滥。或许，是因为连续的目标实现，被人忽略了砥砺、艰辛的过程，而以泪水解释。

如果，成功被理解为自然而然，是对成功的不懂；如果，成功被理解为功到自然成，是对成功的懂得。

2017 年，行业逆势，任何营销人都有无数艰辛和心酸，所有成功都是由奋斗与自强而来，都是由汗水与青春拼搏而来。

营销人，最懂寂寞，没有业绩，任何欢乐他们都不会去触摸；他们也最懂沉默，没有业绩，任何付出他都不会向人讲起。

幸好，天道酬勤。也许，我的眼泪就是这样掉了下来。

这一年，总觉得时间不够用，身体不够用。许多工作，都在与时间赛跑，都在与身体抗争。

我常说，人生；唯有光阴不可负，唯有身体不可负，唯有行业不可负……

可是，我不知道，我为此做了些什么。太多的辜负，终于以时光飞逝与身体不适的方式回答了自己。

我常说，如果你不懂诗人的灵魂，我不怪你；如果你不懂我的梦想，你不扰就好；如果你不懂营销人的情怀，你不评头论足就好。

我的梦想与情怀自有懂的人。这几天，当会议完毕后，营销兄弟纷纷发来深情的问候，我心激动，我心幸福。

曹总，兄弟们私下里都很关心你的身体，要多休息、多保重。

加盟播恩，快速成长，深知责任巨大，我会不断学习，不敢丝毫怠慢。

因为你点燃了我的梦想，改变了我的人生轨迹，可哥，你要好好照顾自己。

这几天看到你很憔悴，你是一个工作狂，但要注意身体。

……   ……

营销人，就是这样一群人，语言简单，但情怀暖人，他们没有细致的情愫，却有深情厚谊。或许，我的眼泪，就是这样掉了下来。

我是一个不掩饰泪水的人，我喜欢年轻美好，喜欢真挚纯粹，我愿意为美丽的人、为感动的事自由哭泣，我不想在真诚的人面前掩饰自己。

但我也不是一个轻易流泪的人，我不会为失败与痛苦而流泪，在它们面前，我需要淋漓尽致地展示营销人的坚强。

托尔斯泰说，人生从来并不是一场轻松的享乐，而注定是一场沉重的负担。泰戈尔说，生如夏花之绚烂，死如秋叶之静美。

诗人说，心灵纯洁的人，生命中充满了感动。

在岁月折叠的时刻，渴望生命绚烂与静美的诗人，在那一刻，顿觉人生如此沉重。然后，一个人，在报告台上，哽咽了。

不由地流下了一行泪水……

2018 年 1 月 13 日
于 MU5489 航班上

记忆中的那一抹红

不知为什么，我忽然爱上你。

如果我爱你是你的不幸，你这不幸是同我的生命一样长久的。

一个女子在诗人的诗中，永远不会老去，但诗人，他自己却老去了。

我想到这些，我十分忧郁了。

前些日子，一个几十年未谋面的同学，向我提起了沈从文，这个在我最美好的时光里，我曾深深地热爱着的作家。

2003 年春天，曾让沈从文先生疯狂追求到把自己的灵魂都变成奴隶的女子——张兆和，走完了最后一程，当有人在病床上为神志不清的她拿出沈从文的肖像时，她说：好像见过？

而当有人为她朗读起这些诗句时，她说：我肯定认识。

今夜，从书架上取下《边城》，再次阅读，我的心，浸满叹息。

记得，在很久远的一个秋季，一个偏僻小镇。天气已经凉了，晨风和夕阳里，都有些寒峭。小镇，依着一条小溪，傍着许多浅丘。

每天清晨，坐在溪沿，等待阳光；每天傍晚，坐在石崖，送走昏黄。就那样守着，慢慢地，小溪的水变凉了、冰了，季节冷了；浅丘的树变黄了、红了，季节深了。

那些日子，一本《边城》陪着我，故事中的翠翠慢慢刻到了我的心绪里。

从教多年的沈先生很直接地把心扉打开，把"不知为什么，我忽然爱上你"的美丽诗句送给了心仪的妙龄学生、江南大家闺秀、清秀清澈的张兆和。我知道，这段追逐，成就了沈先生一生的经典《边城》。沈先生一生的爱情，被他以翠翠的名字，刻录进了《边城》。

那个深秋，在那个小镇，一本书、一个人、一段故事；一叶秋、一抹红、一份安宁。在红透的枫叶丛林里，我用目光穿越久远的爱恋，深刻地阅读着过往，阅读着忧伤。

胡适校长郑重地告诉年轻姑娘：他顽固地爱你。
年轻姑娘郑重地告诉胡适校长：我顽固地不爱他。
可是，沈先生已经疯狂了——

爱情使男人变成傻子的同时，也变成了奴隶，不过，有幸碰到让我甘心做奴隶的女人，我也就不枉来这人世间走一遭。

别人对我无意中念到你的名字，我心就抖战，身就沁汗！并不当到别人，只在那有星子的夜里，我才敢低低的喊叫你底名字。

记得，那个秋天，我写了很多、很长的日记，但总是不满意自己对《边城》故事的理解。因为我不懂，沈先生到底因为什么那样喜欢张兆和。他懂张兆和吗？如果懂，为何那段过往那么快就结束了？

而我，更不懂，高傲的张兆和为什么会同意沈先生？是被所谓的排山倒海、大雨滂沱、热情滚烫般的表白所感动，还是灵魂深处真实的接受？但为什么，不远的后来，又毅然选择了分手。

虽然我不知道他们的过程，但我知道了他们的后来。

我一边读着《边城》，一边思考着沈先生和张兆和的爱情，让自己困惑。我所有关于《边城》的日记，都被我撕得粉碎，撒在深秋里，随溪水而去。日记化屑，我很伤感，甚至哭泣。

我曾想把《边城》撕碎，不再阅读，后来我把它放在了书房偏冷的角落。

那个深秋，天空那样的湛蓝清澈，大地淡泊安宁，本可以在那样的季节里净化自己的思想，透彻自己的灵魂，酝酿自己的灵感。

但《边城》中的翠翠使我的灵感、目光停滞了。沈从文与张兆和的故事把我的心灵、思想粉碎了。

我懂得，《边城》里的翠翠抗拒了时代和世俗，把不归的爱情化为永远的守候，而她心爱的男人却选择了对现实的逃离。

我不懂得，沈从文抗拒了高雅和风雅，最终也只收获了一阵烟雨，守候一生孤独；而张兆和却安静地选择了在现实中逃离。这两种选择，哪一种让人生更加凝重？

那些日子，在偏僻的小镇，在深远的季节，在满树的秋红里，我迷失了自己。

直到，亲爱的美丽姑娘，你也来到那个季节。

那年，那月，那小镇。

那溪，那红，那深秋。

在秋的小丘，依偎秋的淡泊，看一叶知秋的风雅，听一季落花的静好。

在秋的小镇，缱绻秋的安宁，看一页文字的风流，听一段过往的倾诉。

不知哪天，不知何时，不知哪个傍晚，美丽纤柔的你，在林间、在溪边、在秋红、在净水、在风里、在秋里，飘进了我的视线，触及了我的目光，抵达了我的身旁。

你说：你是来这里实习的吗？

我说：你怎么知道？

你说：这么小的一个地方，一只新鸟飞来，人们都能听到它清脆的问候。

我说：你呢？

你说：我也不是这个地方的，我家在山的那边，大山的脚下。我是这个村的代课老师。

我说：教书挺好的，挺单纯的。

你说：……

一涧溪流，静静流淌。

一抹夕阳，缓缓天涯。

一林秋红，浓浓秋妆。

一笑嫣然，长长过往……

偏远僻静的小镇，在深秋里冷却了多少凄凉，漫长了多少孤单。满林的秋红，述说着哪段风流往事；秋风吹来，扫落了多少思念情愁；落叶飘舞，荒芜了多少芸芸烟雨。

你说：我高中毕业，一个人，去过很远的陌生的沿海城市打工，自己太小，太单纯，觉得那不是自己的天空，总觉得自己很孤单。

我说：……

你说：这里代课教书很苦，虽然也是教书育人，但没有人会把我们当真的老师。

我说：只要孩子们当你是就好了，我就特喜欢小时候的老师，感觉忒漂亮、忒美。

你说：孩子很喜欢我，我经常去家访，孩子们都舍不得我走。

你说：这里很穷，孩子们都缴不上学费。一旦收不上来，就会扣我们工资……

然后，你就笑了，向着夕阳，向着远山，向着远山以外的世界，嫣然一笑。

那一笑，仿佛在问谁可以洞悉，问谁可以相知，问自己心路已经埋葬很深的痕迹，问自己空荡迷离的过去，问自己的来来去去，问自己天涯的踪迹。

那一刻，我觉得，世界好无力，季节好凄凉，那一抹枫红，好生凄美，好生孤单。

那一刻，我感叹，季节隐藏了多少青春的叹息，流淌了多少泪水的痕迹。

春去秋来，草木一秋。

一叶秋红，满树秋愁。

秋声些许，山水静流。

浅浅相遇，静静守候……

你问我：你喜欢读《边城》？

你说：我也读过，读过几遍。

我说：这些时间很孤单和单调，幸好离开学校的时候带了几本书，可以好好读读，《边城》挺好的，描写了美好的爱情故事。

你说：我不喜欢沈从文把翠翠写成那样，一个柔弱的女子，为什么要承担一个时代、一个肮脏社会的世俗和封建带来的痛苦，让一个静好的、单薄的、纤小的、清纯的小女孩用一辈子去等待一段不归的爱情，甚至没有承诺的归期，公平吗？

你说：我更喜欢现实生活中的张兆和，觉得不对了，就选择了离开，因为爱情很简单，就是长相依、长相卿、长相厮、长相守。为什么要用一辈子去等待？

我说：或许，爱情容不下两个都是正确的人。

我说：现实中的张兆和是沈从文一生中最美的一道风景，而《边城》里的翠翠是沈从文一生中最美的一个梦境。

在那个美好深秋，我遇到了也深刻阅读过《边城》的你。这也让你成为我记忆的牵挂，甚至是一份美丽。

然后，我们都静静的。

静静地看着夕阳，看着夕阳把枫林色染得更加殷红。

静静地看着秋色，看着秋色把季节写意得更加凄美。

一片枫叶，一叶落秋。

一滴秋露，一缕风愁。

那个小镇，那个深秋，是否倾听了一叶知秋的美丽？

哀愁，像秋天的落叶，落地成伤。思绪，像季节的枫红，安排了一滴冰凉的露珠，一滴季节的叹息。

那天，你问我喜欢舞蹈吗，我说喜欢！

那天，你说：我跳支舞吧，送给你。

在林间、在溪涧、在落叶、在夕阳、在秋红，一个美丽孤单的姑娘，穿着长长的衣裳，衣裳缓缓飘起，飞向天空的方向；衣裳扬扬飞舞，穿梭在季节的林间。风起了，红红的落叶把你围绕，把你相恋；叶落了，把你掩埋，零落成泥……

你用舞韵，表达了一段真挚、一段倾听、一段渴望。

我用诗句，写下了一段岁月的痕迹。

拾起，最后一片落叶。

可是，已不知你去了何方。

那就是你，却无法还给你。

从此，丢失了你。

夜深了，外面的世界好安静。

　　1988 年 5 月 10 日，沈老先生安静地走了，我相信他已经记忆不起翠翠是谁，但一定还记得美丽的张兆和。

　　可是，他不知道 15 年后的某天，曾经美丽的张兆和离开时，已经记不起沈从文的模样，反而记得《边城》中的翠翠。

　　有些人，是可以用时间轻易抹去的，犹如尘土。

　　我用手去触摸你的眼睛，太冷了，倘若你的眼睛这样冷，有个人的心会结成冰。

　　我行过许多地方的桥，看过许多次数的云，喝过许多种类的酒，却只爱过一个正当最好年龄的人。

　　我明白你会来，所以我等。
　　…… ……

　　深夜里，一缕风从窗涌入书房，房间有了一丝秋的凉意。
　　安静地读着沈从文先生的这些文字。
　　那偏僻的小镇，那一涧溪流，那一片枫林。
　　那一个女孩，那一抹秋红。
　　你，还好吗？

2016 年 10 月 6 日
于成都

不如初见，不如不见

夜里 10 点，这段时间属于自己。美妙的诗句，把我唤入了书房。

推开书房的门，因多年漂泊，书房有了些尘埃的味道。已经很长一些日子没来书房坐坐，书册在书架上，显得有些落寞。

收拾书籍，也收拾情绪。整理书页，也整理岁月。

青春时，徐志摩的许多诗我都能倒背如流，那些深刻的句子，填满了我的情怀，如血液一般，把我灌溉。

《志摩的诗》摆在书架上，像重逢的恋人，此刻拿在手里，用眼光穿越，用心聆听。一段美丽的曾经，轻轻袭来，轻轻泛起。

徐志摩和林徽因，因诗牵缘，写下一段爱怨情愁，是恋人亦是知己。两人一见钟情，而后理智分开，最后却因一场邀约阴阳相隔。

他们的曾经，是凡尘中人较难理解的。这份曾经，有些静好，有些清纯，更有些小洒脱，就像《偶然》中写道：

我是天空里的一片云
偶尔投影在你的波心
你不必讶异
更无须欢喜
在转瞬间消灭了踪影

精美的诗句，穿越着精美的爱恋。

我知道，今夜将无法入眠，这一场过往故事，将把我俘虏。因为，我控制不了自己，我将会很深地阅读。我甚至会阅读自己的过往，思考自己的情愫。

林徽因曾经对她的女儿说：志摩当初爱的并不是真正的我，而是他用诗人的浪漫情绪想象出来的林徽因。

多情的诗人，总是按照自己情愫构思纯粹的情感，并且把这份纯粹想象得至清至纯、至轻至柔。

因为，诗人的她，如诗般高贵与浪漫，是诗人纯美的梦。

所以，林徽因说：志摩喜欢如梦的林徽因，而不是林徽因的真我。

徐志摩的结局注定不会如其所梦，梦会醒来，会破灭。所以，诗人的情愫虽潇潇洒洒，但情感结局注定萧萧瑟瑟。

34 岁的徐志摩，遭遇空难了。

或许，那场空难，可以理解为上天对诗人的眷顾，因为如果不这样，徐志摩会在真实的情感世界里，更加游离于今天和过去，游离于陆小曼与林徽因之间。那份游离，于三人都是巨大的伤害，而漩涡中的诗人，将会更加迷离痛苦。

读书，是一件很美妙却奇怪的事，会让自己思考，更会让自己入位。

窗外，夜已深，此刻可以听见心跳和呼吸的声音，可以感觉到血液和思绪的流动，可以体会到夜露和树叶的亲昵。

今年，从春天开始，一直都处于忙碌和奔波状态，时光匆匆，工作一直没放松，脚步一直没停顿，思绪也没安宁下来，一直在漂，一直没有停靠，失去了静好，有些混浊。

这份忙，都以充实的外衣，让自己坚强与亢奋，不知何时，我学会了欺骗自己，用这份坚强与亢奋，为自己披上依旧青春的美丽外衣。

没问自己累了没有，从不去善待自己，此刻静心夜读，心里有些痛。

这些日子，很多别了几十年、想得那么深的人，因为网络，再次回到诗人的情愫里。这份重逢，就是守候的答案，就是对岁月的答复，也或许是一场痛。

这些年，我一直在等待着这些重逢。但我不知道，我是否做好了重逢的心理准备，我更不知道，这份准备，是否在重逢那一刻，不堪一击。徐志摩就是在林徽因的邀约中结束了自己，也结束了一生的等待与重逢。

徐志摩只是爱林徽因，但不懂林徽因，她真实做自己，关于情愫和爱情，她有自己清晰的理解与思想，林徽因从没因徐志摩而改变，也从未因重逢而改变。

那一晚我的船推出了河心
澄蓝的天上托着密密的星
……　……
那一晚你和我分定了方向
两人各认取个生活的模样
到如今我的船依然在海面飘
细弱的桅杆在风涛里摇
……　……
到如今我还记着那一晚的天
星光、眼泪、白茫茫的江边

可，徐志摩因为即将重逢，深刻地改变了自己。

我常自喻诗人，对很多过往，都会用一颗晶莹的心去做一场晶莹的梦，去守候一场晶莹的重逢。

诗人的伊人说，把纯真留在干净的心海里，好好珍藏，如果想了，可以阅读；如果倦了，可以搁浅；如果有尘埃了，可以打扫；如果潮湿了，可以晾晒；如果遗忘了，可以牵挂。

诗人的伊人说，那样会更好，更能让情愫自然纯真，相见不如怀念，重逢不如想念。很多相见，是对记忆的一种伤害，甚至是对美好过往的一种终结，会把脆弱的诗人摧毁。

可悲的是，徐志摩与诗人都没听进这样的言语。心中的固执被终结得无声无息，被摧毁得痛苦淋漓。

诗人守候三十年，静好了三十年。

如果没有三十年后的再见，记忆依然会在心路上保存不竭的纯真和美好。哪怕，这些年，很多事已经变迁，很多情已经不再。

可是再见，以诗人无法接受的方式和深深的痛，把记忆杀戮。

读着徐志摩的诗，诗人试着去理解自己。徐志摩的诗，成了今夜的独白，让诗人泪眼婆娑，痛苦不已。

或许，遭遇空难的徐志摩是幸福的，假如那一场邀约真的如期而至，很多情、很多话，都会尴尬万分，这会打击多情的徐志摩。所以，我宁愿相信，徐志摩是有些隐知的。

假如真的如此，那刻飞机上的徐志摩，在想什么？是否在祈祷上帝结束这一段即将遭遇尴尬的行程？只是，上帝用了最残酷的方式，来满足徐志摩的心愿。

如此说来，诗人比徐志摩幸运。

因为，死去的不是诗人，而是诗人的伊姐。

三十年前的伊姐，学习优秀，亭亭玉立，青春芳华，纯洁芳香，温柔静好。不知道她为何停了学业，到广州、深圳、上海、杭州、北京等很多城市，去追逐少女的缤纷梦想，但没有哪座城市属于她，没有哪座城市能接纳她。

渐渐地，伊姐累了、倦了、认了命，她停下了追逐的脚步，悄悄嫁到了一座小县城，嫁给了一位高龄教师，实现了她的城市梦。

可是，就是这一份对青春的不珍惜与不保重，毁了伊姐的一生，她过上了苦不堪言的生活。伊姐已经没有了清纯，没有了温婉，没有了静好，没有了笑颜，没有了情愫，芬芳散了，灵魂死了。

三十年后的再见。

伊姐颤抖地坐在诗人身边，脆弱地望着诗人。伊姐为诗人倒了一盏盏的茶，添了一杯杯的酒，夹了一道道的菜。某一刹，伊姐枯竭的眼睛，闪动着泪光。那一滴泪光，使诗人崩溃了，他不知道唯美的故事为什么是这样的结局？诗人的伊姐为什么要为自己选择这样的人生？

人生若只如初见，初见不再见，该多好！

伊姐灵魂的死去，让诗人这些年干净的念想毁了。这样的再见，把诗人这些年懵懂的守候弄脏了。

我不知道，我和伊姐是否还会再见？

你会不会忽然地出现

在街角的咖啡店

我会带着笑脸

挥手寒暄

…… ……

不再去说从前

只是寒暄

对你说一句，只是说一句

好久不见

读着，读着，诗人窒息了，诗人的泪，湿了空旷的夜。

合上《志摩的诗》，合上记忆。把它还给书架，把它还给属于它自己的世界，别离书房。

最是那一低头的温柔

象一朵水莲花不胜凉风的娇羞

道一声珍重

道一声珍重

那一声珍重里有蜜甜的忧愁——

沙扬娜拉！

2016 年 8 月 4 日

于成都

秋，哭无泪

《故都的秋》是郁达夫先生的文学经典，你可能不知郁达夫，但一定听过《故都的秋》。

初读此文，是在 30 年前的初中时代，这些年又阅读过多次，此外还有《沉沦》《迟桂花》《春风沉醉的晚上》等作品。

秋天，无论在什么地方的秋天，总是好的。

文章的第一句，表达着达夫先生对自然的热爱，对祖国秋天的热爱，对人生的豁达态度。作者用简单、直接的美好语句赞美秋，抒发着自己对秋的理解，并表达出自己闲适安宁的心境。

他告诉读者，因为心境的闲适和安宁，自己能在任何地方感受秋之美好。

于是，一个简单的"好"字，体现了作者简洁、单纯、豁然的人生领悟。

于是，一个简单的"好"字，体现了秋天凉不失温、爽不失润、淡不失雅、静不失致的至美至妙。

一叶知秋之简素，秋雨送凉之静好。让人乡愁渐起，却心境美美；让人伤感渐生，却闲适安宁。

可是啊，北国的秋，却特别地来得清，来得静，来得悲凉。

可是，达夫先生在文章第二句语调就转了。

"可是啊"三个字，表达了作者对秋天的忧思和无奈。这种心境下的清与静，让作者觉得渗透悲凉。接下来的段落中，你可以看到，达夫先生用了很多哀叹语句，来表达和描绘故都的秋味。例如：

说到了牵牛花，我以为以蓝色或白色者最佳，紫黑色次之，淡红者最下。

秋蝉的衰弱的残声，更是北国的特产。

尤其是诗人，都带着很浓厚的颓废的色彩。

有情趣的人类，对于秋，总是一样地能特别引起深沉、幽远、严厉、萧索的感触来的。

达夫先生通过颂秋到悲秋的这个转折，表达自己内心的渴望与失望、思虑与焦虑、眷恋与落寞。那刻，他心中的秋美之色，好多都是冷淡色。

那么，到底是什么样的情怀让作者这样伤感，甚至有些绝望呢？

那么，达夫先生到底想表达什么呢？

达夫先生钟爱"静文学"，很多文章都静如止水，《故都的秋》中的文字，彰显着静秋的伤感和忧思，饱含着作者对历史与文化之都的眷念和爱恋。

1934年的祖国，日本在东北成立满洲伪政府，华北充满了国民党白色恐怖，山河破碎、战乱连年、民不聊生。故都的秋，因此特别冷清、悲凉。

所以，《故都的秋》这篇文章表达了达夫先生对祖国的忧虑，山河破碎的秋是作者心灵上的风景与阴影、热血与隐痛。

所以，读起来让人觉得是那样亲近、情真和感动，却又是那样孤独、厚重与忧郁。

这些年，每当阅读时，一直有这些感觉。但今夜，我又有了其他一些思考。难道达夫先生就没有通过《故都的秋》来抒发和表达个人情感和个人生活的想法吗？

1928 年，在郁达夫孜孜不倦的追求攻势下，32 岁的他与比自己小 12 岁的王映霞步入了婚姻的殿堂。

映霞，映霞，我写完了这一封信，眼泪就忍不住的往下掉了。

我只希望你于接到十日午后的那封信后，能够不要那么的狠心拒绝我。

映霞年轻美丽，是杭州第一美女，天下女子数苏杭，苏杭女子数映霞。以上文字可以看出，达夫追求映霞是用了"洪荒之力""蛮缠之力"。达夫先生为了这份情爱，更在西湖边买了块地，用自己春风荡漾之心建起了"风雨茅屋"，与映霞过起了富春江上神仙眷侣的世外桃源生活。

娶到映霞，达夫先生是快乐的、自豪的、有成就感的，于是开篇那句体现安宁心境与豁然人生的精美之句，便不难理解。

但达夫先生乃一穷书生，西湖家居耗尽了财力。也许这些并不是映霞的初心，只是达夫先生对爱意错误的表达，但这些毁了映霞，毁了家。映霞在自传里写道：

> 每月开支为银洋200元，折合白米二十多石，可说是中等以上家庭了。其中100元用之于吃。物价便宜，银洋1元可以买一只大甲鱼，也可以买60个鸡蛋，我家比鲁迅家吃得好。

1928—1934年，祖国山河破碎，民不聊生，达夫先生与映霞也不例外。

慢慢地，达夫先生也居无定所、颠沛流离、创作枯竭、闲散寂寥；慢慢地，传出了映霞女士与浙江教育厅厅长许绍康，甚至与戴笠的暧昧绯闻；慢慢地，郁达夫变了，他愤怒了、哀愁了、忧思了、寂寥了、悲凉了。

难道，达夫先生从颂秋到悲秋，从"清静"到"悲凉"的不断转折，就与此毫无关系吗？

我只想说，《故都的秋》不单表达了达夫先生对祖国的忧思，对祖国美好的向往，还有一份他对个人情爱的言不由衷，这或许就是诗人的率真与直接。

1934年，达夫先生没有完全放弃对映霞女士的热爱，哪怕他的内心充满孤零。这份热爱，就像他对祖国和故都的热爱一样，依然那样坚毅。所以，他在文章的结尾用心灵之力、情痴之力写道：

> 秋天，这北国的秋天，若留得住的话，我愿把寿命的三分之二折去，换得一个三分之一的零头。

如果达夫先生真是这样的真挚，那么我是敬佩他的。

对于祖国之爱，达夫先生一往情深，无限真挚。但对于小家，达夫先生不是这样的，他的爱情观甚至是浅的、俗的。

如果用这结尾之句来注解达夫先生的个人感情，只是他为了继续占有情爱的声嘶力竭之词。

达夫先生追求映霞女士时用了赤裸的语言和方式，说明他的情爱之言并不像他静如止水的文章。

达夫先生与映霞女士生活时以物欲来满足心爱的女人，说明他眼中的映霞并不纯真纯美，与市井女孩并没有区别。

达夫先生与映霞女士婚姻出现问题时，映霞出走，达夫先生不是去寻找，而是在《大公报》上刊登寻人启事，让家庭矛盾人尽皆知。

达夫先生与映霞女士婚姻彻底终止时，他近乎疯狂地在《大风》旬刊上持续刊登《毁家诗记》19 首，自爆家丑。

一代文学巨匠，达夫先生的抗日情怀和行动为他的人生留下了一段精彩的华章。

但关于爱情，他却是那样俗气，输得一塌糊涂。1942 年，映霞女士再婚，在芜湖过起了朴实的生活，或许，这才是映霞想要的生活，她说：

> 如果没有前一个他，也许没有人知道我的名字，没有人会对我的生活感兴趣；如果没有后一个他，我的后半生也许仍漂泊不定。

原来，映霞女士要的是停泊、淡雅与安宁，要的是如秋的素与静。

可"写秋"的达夫先生、知"静"的达夫先生一直未懂。映霞女士的独白仿佛是对文学经典《故都之秋》的作者达夫先生的一个莫大讽刺。

今夜，再读《故都之秋》。

我为文学巨匠、革命烈士达夫先生鼓掌，也为生活中的爱情白痴达夫先生深深叹息。

为了你我情愿把家庭、名誉、地位，甚而至于生命，也可以丢弃，我的爱你，总算是切而且挚了……

此刻，读着达夫先生的这段情话，小诗人的我，低头无语。

2016 年 11 月 23 日
于广州

永远热泪盈眶的年轻

某天，电梯里，偶遇一个穿着白色短袖、蝴蝶花长裙的女孩，大而圆的眼睛，飘逸的长发，灿烂的笑颜。

女孩纤细的手臂上，文了一行字：永远年轻，永远热泪盈眶。

蓦然间，我喜欢上了这个陌生的女孩。

之所以喜欢，是因为这句诗，也曾荡漾过我的花样青春。我喜欢这种美妙的感觉，我更喜欢有这种美妙感觉的年少时光，曾经，我也更喜欢绽放在这种美妙感觉中的少年。

蓦然间，我向女孩微微笑。

女孩，轻轻地淡淡地说了声：Hi，大叔。

然后，浅浅笑。

然后，电梯门开启，女孩挥了一下手掌，风一样，走了。

然后，电梯门合上，剩下一个单独的我，停在我每天工作的20楼。

三十年前，我也是个可爱的学生。

那时，我青春年少，我也在芬芳的校园。

我在春天里奔跑、歌唱，柳枝弯弯的河堤边，软软的草地上，到处是我的身影。

那时，我自由地赤着脚、光着膀、唱着歌、读着诗。

那时，我自由地看蓝天和白云相拥，自由地看少男和少女相依。

心致美妙时，还任性一点，邀请一个漂亮的女孩，让她听一段我写给爱情的诗，然后看着她热泪盈眶，看着她幸福地哭泣，然后快乐地哄哄她，看着她傻傻地笑。

然后，我翻开 Jack Kerouac 的 *The Dharma Bums*（《达摩流浪者》），向着天空、向着大地，向着漂亮的女孩，我大声朗读。

O ever youthful，O ever weeping.

永远年轻，永远热泪盈眶。

今天，无悔的青春，盈眶的热泪，在我已经沧桑的眼里，好像梦幻一样美丽。

在青春的时代，当美丽梦幻的时候，年轻的我曾经以为，它永远不会逝去，于是没有珍惜。那时，幸福可用眼泪表达，疼痛也可用眼泪表达。

年轻时代的疼痛和幸福，多年以后，都成了生命里美丽的记忆。

可是，某天夜里醒来，夜风一吹，突然发觉，那美丽的青春梦幻，在不知不觉中已经不在，已经离开了我，已经不再属于我。那一刹，从未有过的失落，从未有过的伤怀，让我在夜里泪流不止。

那份年轻的感觉，那份热泪的激动，已不再回来。

那份感觉，好遥远，好生怀念，以为此生，它不会再来。

所以，那天，电梯里，当她（它）偶然出现在我眼前，仿佛天使，仿佛精灵，感觉她（它）好像是我丢失多年、牵挂多年的美好，突然回到我的身边。

感觉她（它），多年来未曾真正离开我，一直在我身边，在我心底最深的海里。

所以，那一刹，我的眼睛有点潮湿。

所以，那一刹，我的心跳有点悸动。

所以，那一刹，我仿佛看到了曾经的白衣飘飘。

所以，那一刹，我仿佛听到了曾经的轻轻心跳。

可是，文身的小女孩，风一样，走了。

此刻，夜很深，忙完一天工作，一个人，拖着有些疲累的身体，从广州老远的边际角落前往城市的中央，往那城中的家赶赴，可那也只是驿站，不是家。

那间房没有住多少日子，却生了很多牵挂；哪怕已经深深疲惫和困倦，可是依然渴望在深夜里，回到那居室，用带着自己体温的茶杯泡一杯淡茶，听爱人说几句亲昵的细语，躺在软软的熟悉的床，枕着熟悉的巾……松弛，入眠。

这是真的老了吗？

坐上小车，奔驰在有月光和星星的夜里。

打开车窗，让夜风轻轻地吹入。

望望夜空，看着城市的灯火渐渐阑珊。

打开碟吧，让汪峰的《当我想你的时候》在夜里深情地奔放。

生命就像是一场告别

从起点对结束再见

你拥有的渐渐是伤痕

在回望来路的时候

……　……

我们相互拥抱挥手道别

转过身后已泪流满面

……　……

至少有十年我不曾流泪

至少有一些人给我安慰

可现在我会莫名地心碎

当我想你的时候

这些年，不知从何时开始，每次远行，每次别离家人，孩子都会对我说：爸爸，在外要照顾好自己，不要太辛苦，你也不年轻了。

我说：孩子，爸爸是不青春了，但爸爸永远年轻。

孩子说：爸爸，你不是永远年轻，是你在渴望永远年轻。

我说：孩子，不是的，因为爸爸有一颗永葆热血的心，这颗心永远怀着年轻的梦想，所以，爸爸不是渴望永远年轻，而是永远拥有年轻的力量和笑容。

孩子说：爸爸，力量和笑容不是年轻的诠释，你有年轻时的热泪盈眶吗？

亲爱的孩子，那一刻，爸爸被你问懵了，爸爸没能回答你。

但，你太不懂得安慰爸爸，说得那么疼痛干吗？

孩子，你把我用来慰藉和鼓励自己的理由粉碎了。

我知道，孩子一定没有看过 Jack Kerouac 的 *The Dharma Bums*，所以他不会完整地说出：O ever youthful, O ever weeping.

我知道，孩子年少，他可以自由地说想说的话，孩子比我年轻，也正在经历年轻的美妙。

而我，所谓的爸爸，因为已不再年轻，所以，我已好多年未曾热泪盈眶……

2017 年 7 月 11 日
于广州万亩葵花园